A MÚSICA DE UMA VIDA

ANDREI MAKINE

A música de uma vida

Tradução
Eduardo Brandão

COMPANHIA DAS LETRAS

Título original
La musique d'une vie

Capa
Rita da Costa Aguiar

Foto de capa
Corbis/Stock Photos

Preparação
Márcia Copola

Revisão
Otacílio Nunes
Arlete Sousa

Os personagens e as situações desta obra são reais apenas no universo da ficção; não se referem a pessoas e fatos concretos, e não emitem opinião sobre eles.

Dados Internacionais de Catalogação na Publicação (CIP)
(Câmara Brasileira do Livro, SP, Brasil)

Makine, Andrei, 1957-
A música de uma vida / Andrei Makine ; tradução Eduardo Brandão. — São Paulo : Companhia das Letras, 2006.

Título original: La musique d'une vie
ISBN 85-359-0812-9

1. Romance francês — Escritores russos
I. Título.

06-2000 CDD-843

Índice para catálogo sistemático:
1. Romances : Literatura russa em francês : 843

[2006]

EDITORA SCHWARCZ LTDA.
Rua Bandeira Paulista, 702, cj. 32
04532-002 — São Paulo — SP
Telefone: (11) 3707-3500
Fax: (11) 3707-3501
www.companhiadasletras.com.br

A MÚSICA DE UMA VIDA

Eu poderia sem dificuldade datar esse encontro. Já remonta a um quarto de século. Mais precisamente, ao ano em que aquele célebre filósofo, refugiado em Munique, propôs uma definição que logo virou moda, um termo que os pensadores, os políticos e até os simples mortais iam empregar por pelo menos uma década, e no mundo inteiro. O extraordinário sucesso da sua fórmula provinha de um mérito evidente: em duas palavras latinas o filósofo havia conseguido descrever a vida dos duzentos e quarenta milhões de seres humanos que, na época, povoavam o país onde nasci. Mulheres, homens, crianças e adultos, velhos ou recém-nascidos, mortos ou vivos, doentes ou com boa saúde, inocentes ou assassinos, eruditos ou incultos, operários do fundo das minas de carvão, cosmonautas em seu percurso celeste, eles e milhares de outras categorias, todos eram unidos a uma essência comum por esse termo inovador. Todos começavam a existir sob um nome genérico.

Antes e depois desse feliz achado, não se parou de inventar palavras para evocar o país em questão. "O império do mal", "a barbárie com rosto humano", "o império fragmentado"... Cada um desses vocábulos marcou, por um tempo, os espíritos do Ocidente. No entanto, a definição do filósofo muniquense é que foi, de longe, a mais citada e a mais vivaz.

Tanto que, apenas alguns meses depois do nascimento da fórmula, ouvi-a da boca de um amigo que vivia como eu às margens do Neva e que, às escondidas como tantos outros, escutava as rádios ocidentais e havia captado uma entrevista do filósofo. Sim, tanto que, voltando de uma viagem ao Extremo Oriente e retido por uma tempestade de neve em algum lugar no meio dos Urais, lembrei-me desse termo celebrado no Ocidente e proibido em nosso país. Durante parte da noite, exercitava-me em aplicá-lo aos passageiros que me rodeavam na sala de espera de uma estação glacial e escura. O termo inventado pelo filósofo dava provas de uma temível eficácia conceitual. Englobava a vida das mais variadas pessoas: aqueles dois soldados que bebiam, alternadamente, direto da garrafa, ocultos atrás de uma coluna, aquele velho que, por falta de cadeiras, dormia em cima de um jornal aberto, ao longo de uma parede, aquela jovem mãe cujo rosto parecia levemente iluminado por uma vela invisível, aquela prostituta que espiava perto de uma janela obstruída pela neve, e tantos outros.

Perdido no meio dos meus semelhantes, adormecidos ou insones, eu fazia mentalmente o elogio da sagacidade do filósofo... E foi nesse momento, no coração de uma noite cindida do resto do mundo, que se deu esse encontro.

Depois disso, um quarto de século se passou. O império, cuja fragmentação tinha sido prevista, ruiu. A barbárie e o mal se manifestaram também sob outros céus. E a fórmula encontrada pelo filósofo de Munique (trata-se, é claro, de Aleksandre Zinóviev), essa definição quase esquecida hoje em dia, serve-me unicamente de sinal, a marcar no fluxo lodoso dos anos o instante desse breve encontro.

Acordo, sonhei com uma música. O último acorde se extingue em mim enquanto me esforço para distinguir a pulsação das vidas amontoadas naquela comprida sala de espera, naquele misto de sono e cansaço.

O rosto de uma mulher, ali, perto da janela. Seu corpo acaba de fazer mais um homem gozar, os olhos buscam entre os passageiros o próximo amante. Um ferroviário entra rapidamente, atravessa a sala, sai pela grande porta que dá para as plataformas, para a noite. Antes de ela voltar a se fechar, o batente lança na sala um violento turbilhão de neve. Os que estão instalados perto da porta se remexem nas cadeiras estreitas e duras, puxam a gola do capote, sacodem friorentos os ombros. Da outra extremidade da estação chega uma gargalhada abafada, depois o estalido de um caco de vidro sob um pé, um palavrão. Dois soldados, a *chapka* jogada sobre a nuca, capote desabotoado, abrem caminho em meio à massa de corpos encolhidos. Roncos respondem uns aos outros, alguns formando acordes cômicos.

Um choro de criança bem distinto se destaca no escuro, esgota-se em pequenas queixas de sucção, cala-se. Uma longa altercação embotada pelo tédio prossegue atrás de uma das colunas que sustentam uma galeria de madeira envernizada. O alto-falante, na parede, chia, guincha, e de repente, com uma voz surpreendentemente enternecida, anuncia o atraso de um trem. Uma onda de suspiros percorre a sala. Na verdade, ninguém espera mais nada. "Seis horas de atraso..." Poderiam ser seis dias ou seis semanas. O torpor retorna. O vento fustiga as janelas com pesadas rajadas brancas. Os corpos se arrumam na dureza das cadeiras, os desconhecidos se comprimem uns contra os outros, como as escamas de uma mesma carapaça. A noite confunde os adormecidos numa só massa viva — um bicho saboreando por todas as suas células a sorte de estar abrigado.

Do lugar onde estou, enxergo mal o relógio pendurado em cima dos guichês. Giro o pulso, o mostrador do meu relógio capta o reflexo da iluminação noturna: quinze para a uma. A prostituta continua em seu posto, sua silhueta se recorta na vidraça azulada pela neve. Não é grande, mas bem larga de quadris. Sobrepuja as fileiras de viajantes adormecidos como um campo de batalha coberto de mortos... A porta que dá para a cidade se abre, os recém-chegados trazem o frio, o desconforto dos espaços varridos pelas borrascas. O magma humano se arrepia e, a contragosto, acolhe essas novas células.

Sacudo-me, tentando me desprender daquele conglomerado de corpos. Desprender da indistinção da massa os que me rodeiam. Aquele velho que acaba de chegar e, sem aspirar a uma cadeira na estação lotada, estende um jornal nos ladrilhos do chão, sujos pelas pontas de cigarro e pela neve derretida, deita-se, costas contra a parede. Aquela mulher cujo xale dissimula os traços e a idade, um ser irreconhecível submerso num grande capote informe. Um instante atrás ela falou durante o sono: algumas palavras suplicantes vindas sem dúvida dos anos bem distantes da sua vida. "O único vestígio humano que me restará dela", digo a mim mesmo. Aquela outra mulher, aquela jovem mãe inclinada sobre o casulo do seu bebê, que ela parece envolver com um halo invisível feito de preocupação, espanto, amor. A alguns passos dela, a prostituta negociando com os soldados: as palavras indecifráveis e excitadas dos dois homens e o cochichar da mulher, carregado de um pouco de desprezo mas quente e como que molhado por promessas apetitosas. As botas dos soldados marcam passo nas lajotas, dá para adivinhar, fisicamente, a impaciência que provoca aquele corpo com ancas largas e pesadas, com um peito que bombeia o casaco... E, quase na altura das botas, o rosto de um homem que, metade do corpo desabado na cadeira, cabeça caída para trás, dorme, boca entreaberta, um braço tocando o chão. "Um morto num campo de batalha", digo a mim mesmo novamente.

O esforço que faço para salvar desse todo anônimo algumas silhuetas individuais diminui. Tudo se confunde no escuro, na luminescência turva, amarelo-suja, do lampadário acima da saída, no nada que se estende a perder de vista em torno dessa cidade enterrada sob uma tempestade de neve. "Uma cidade dos Urais", digo a mim mesmo, tentando relacionar a estação a um lugar, a uma direção. Mas essa veleidade geográfica se revela irrisória. Um ponto negro perdido num oceano branco. Esses Urais, que se estendem por dois mil? três mil quilômetros?, essa cidade, em alguma parte no meio deles, e, a leste, o infinito siberiano, o infinito desse inferno de neve. Em vez de situá-las, meu pensamento perde essa cidade e sua estação num planeta branco, desabitado. As sombras humanas que eu distinguia à minha volta se fundem de novo numa só massa. As respirações se misturam, o balbucio dos relatos noturnos se extingue no sopro do sono. O murmúrio da canção de ninar que a jovem mãe mais recita que cantarola chega até mim ao mesmo tempo que o cochichar dos soldados que saem seguindo a prostituta. A porta se fecha atrás deles, a vaga de frio atravessa a sala. O murmúrio da jovem mãe se colore de um véu de vapor. O homem que dorme com a cabeça caída para trás emite um longo arquejo e, despertado pela própria voz, endireita-se bruscamente na cadeira, fita demoradamente o relógio, dorme outra vez.

Sei que a hora que ele acaba de ver não tinha nenhum significado. Ele não teria manifestado maior espanto ao constatar que uma noite inteira havia transcorrido. Uma noite ou duas. Ou um mês. Ou todo um ano. Um nada de neve. Mais vago que um lugar nenhum. Uma noite sem fim. Uma noite jogada no acostamento do tempo...

De repente, aquela música! O sono se retira como o refluxo de uma onda em que uma criança tenta pegar uma conchinha entrevista, e eu, essas poucas notas com que acabo de sonhar.

Um frio mais vivo: a porta acaba de bater duas vezes. Primeiro os soldados, que entram e mergulham na escuridão. Ouvem-se suas caçoadas. Alguns minutos depois, a prostituta... Meu sono tinha então a duração de... da ausência deles. "Das cópulas deles!", exclama em mim uma voz irritada pela pudicícia dessa "ausência".

Era mesmo o lugar adequado para sonhar com música.

Lembro que no início da noite, quando ainda havia uma tênue esperança de continuar a viagem, saí à plataforma com este projeto supersticioso: provocar a chegada de um trem desafiando o frio. Curvado sob a violência das borrascas, cegado pela metralha dos flocos, avancei colado ao edifício da estação, hesitei em ir mais longe, de tal maneira a extremidade da plataforma já parecia uma planície virgem. Depois, percebendo um quadrado de luz incerta num dos anexos submersos entre as dunas de neve, voltei a andar, ou, antes, a me balançar como se em cima de pernas de pau, enfiando-me na neve até os joelhos, procurando pôr o pé nos passos, quase apagados, dos que tinham seguido a mesma direção. A porta, ao lado da janelinha iluminada, estava fechada. Dei alguns passos rumo aos trilhos já invisíveis sob a neve, esperando ao menos uma miragem — o projetor de uma locomotiva na branca barafunda da tempestade. Único consolo: ao dar as costas para o vento, recuperei a visão. Foi assim que, de repente, surpreendi aquele homem. Tive a impressão de que ele fora expelido do pequeno anexo. A porta, bloqueada pela neve, havia resistido e, para sair, ele devia ter tido de arremeter contra ela com todo o seu peso. Várias vezes, quem sabe. A porta terminara por ceder, e ele tinha voado para fora, na noite, na tempestade, o rosto esbofeteado pelas rajadas, os olhos ofuscados pelos flocos, perdendo todo o senso de orientação. Desamparado, precisou de algum tempo para voltar a fechar a porta, cuja parte de baixo varria uma espessa camada de neve. Durante esses poucos segundos em que ele empurrava o batente, vi o interior do pequeno local. Uma espécie de entrada, inundada pela luz viva, cor de limão, da lâmpada nua, e, atrás, um cômodo. Enquadrados pela moldura da porta é que vi aquele fulgor de nudez pesada, a brancura maciça do ventre, mas sobretudo aquele gesto rude de uma mão que empunhava um seio, depois outro, aqueles enormes seios gastos pelas carícias brutais, e os enfiava no sutiã... Mas com um grasnido de pânico já surgia na soleira da entrada uma mulher embrulhada num casaco acolchoado (a zeladora deste entreposto, disse comigo mesmo, que o subloca para esses amores ferroviários), e a porta se fechava de novo com uma batida raivosa...

A massa humana dorme. O único ruído novo é aquela mastigação no escuro: o velho deitado sobre um jornal se ergueu, apoiado num cotovelo, abriu uma lata de conserva e comeu com uma série de lambidas, como fazem os que já não têm muitos dentes. O barulho metálico da tampa que ele torna a fechar me leva a fazer uma careta para sua áspera feiúra. O homem se deita, procura uma posição confortável no farfalhar das páginas do jornal e logo começa a roncar.

O julgamento que eu tentava reter me invade, ao mesmo tempo compaixão e cólera. Penso naquele magma humano, que respira como um só ser, na sua resignação, no seu esquecimento inato do conforto, na sua paciência ante o absurdo. Seis horas de atraso. Viro-me, observo a sala imersa na escuridão. Eles poderiam muito bem passar mais várias noites ali. Poderiam se acostumar a viver ali! Assim, em cima de um jornal aberto, costas contra o radiador, tendo uma lata de conserva por única alimentação. A suposição me parece de repente verossímil. Um pesadelo bastante verossímil. Aliás, a vida naqueles vilarejos a mil léguas da civilização é feita de esperas, de resignação, de calor úmido no fundo dos calçados. E aquela estação ferroviária sitiada pela tempestade é tão-só o resumo da história do país. Da sua natureza profunda. Aqueles espaços que tornam absurda toda tentativa de agir. A superabundância de espaço, que engole o tempo, que iguala todos os prazos, todas as durações, todos os projetos. Amanhã significa "um dia, quem sabe", o dia em que o espaço, as neves, o destino permitirem. O fatalismo...

Percorro, mais por despeito, essas trilhas batidas do caráter nacional, essas questões malditas da russidade abordadas por tantas cabeças pensantes. Um país fora da história, a pesada herança de Bizâncio, dois séculos de jugo tártaro, cinco séculos de servidão, revoluções, Stálin, *East is East*...

Depois desses volteios por elas, a reflexão recai sobre a bonomia obtusa do presente e se cala, impotente. Essas belas fórmulas explicam tudo e não explicam nada. Apagam-se diante da evidência desta noite, desta massa adormecida, que desprende um cheiro de capotes molhados, de corpos cansados, de álcool exalado e de conservas mornas. Aliás, como julgar aquele velho em cima do jornal desdobrado, esse ser comovente na sua resignação, insuportável pelo mesmo motivo, esse homem que certamente atravessou as duas grandes guerras do império, sobreviveu às repressões, às fomes, e que nem sequer pensa ter merecido mais que esse leito de papel no chão coberto de escarros e pontas de cigarro? E aquela jovem mãe, que acaba de adormecer e, de madona, tornou-se um ídolo de madeira de olhos puxados, com traços de buda? Se eu os acordasse e os interrogasse sobre a vida deles, declarariam sem hesitação que o país onde vivem é um paraíso, descontados alguns atrasos do trem. E, se de repente o alto-falante anunciasse com uma voz de aço o início de uma guerra, toda aquela massa se poria em movimento, pronta para viver essa guerra como se fosse normal, pronta para sofrer, sacrificar-se, com uma aceitação perfeitamente natural da fome, da morte ou da vida na lama daquela estação ferroviária, no frio das planícies que se estendem além dos trilhos.

Digo a mim mesmo que essa mentalidade tem um nome. Um termo que ouvi recentemente da boca de um amigo, ouvinte clandestino das rádios ocidentais. Uma designação que tenho na ponta da língua e que somente o cansaço me impede de reproduzir. Sacudo-me, e a palavra, luminosa e definitiva, eclode: "*Homo sovieticus!*".

Sua força jugula o amontoado opaco das vidas ao meu redor. "*Homo sovieticus*" abarca inteiramente aquela estagnação humana, até seu mais ínfimo suspiro, até o rangido de uma garrafa na borda de um copo, até as páginas do *Pravda* sob o corpo magro daquele velho em seu capote gasto, páginas repletas de relatórios de bons resultados e de felicidade.

Com um deleite pueril, passo um tempo brincando: a palavra, verdadeira palavra-chave, sim, uma chave!, enfia-se em todas as fechaduras da vida do país, consegue penetrar o segredo de todos os destinos. Até o segredo do amor, tal como é vivido neste país, com seu puritanismo oficial e, contrabando quase tolerado, aquela prostituta, que exerce seu ofício a alguns metros dos grandes painéis com a efígie de Lênin e palavras de ordem edificantes...

Antes de dormir, tive tempo de constatar que o domínio dessa palavra mágica me separa da multidão. Sou como eles, claro, mas posso nomear nossa condição humana e, por conseguinte, dela escapar. O frágil caniço, mas que se sabe tal... "A velha e hipócrita astúcia da intelectualidade...", sussurra em mim uma voz mais lúcida, mas o conforto mental que me oferece o "*Homo sovieticus*" faz rapidamente essa contestação se calar.

A música! Desta vez, tive tempo de captar o eco das últimas notas, como um fio de seda ao sair da agulha. Fico alguns instantes sem me mexer, à espreita de uma nova sonoridade em meio ao torpor dos corpos adormecidos. Sei agora que não sonhei, cheguei até a compreender mais ou menos de onde vinha a música. Eram, de resto, apenas breves despertares de teclado, muito espaçados, abafados pelo entulhamento dos corredores, encobertos pelos roncos.

Olho no meu relógio: três e meia. Mais que a hora e o lugar em que essa música nasce, é seu desligamento de tudo que me surpreende. Ela torna perfeitamente inútil minha cólera filosófica de poucos minutos atrás. Sua beleza não convida a fugir do cheiro das conservas e do álcool que se estagna acima do apinhamento dos que dormem. Ela assinala simplesmente uma fronteira, esboça outra ordem de coisas. Tudo se ilumina de repente com uma verdade que dispensa palavras: aquela noite desgarrada num nada de neve, uma centena de passageiros encolhidos — cada qual parecendo soprar suavemente na frágil centelha da sua vida —, aquela estação ferroviária com suas plataformas desaparecidas, e estas notas, que se instilam como instantes de uma noite bem diferente.

Levanto-me, atravesso a sala e subo pela velha escada de madeira. Tateando, alcanço a divisória envidraçada do restaurante. O negrume é completo. Deslizando a mão pela parede, chego a um beco, tropeço numa pilha de cobertores de vagões-leito, resolvo desistir da minha busca. Um acorde lentíssimo vibra longamente no outro extremo do corredor. Dirijo-me para lá, guiado pelo esgotamento do som, empurro uma porta e me encontro numa passagem onde já se filtra um pouco de luz. Arrumados contra as paredes, erguem-se as bandeiras, os cartazes com os retratos dos dirigentes do Partido, toda a parafernália das manifestações. A passagem dá acesso a uma sala ainda mais atravancada. Dois armários de portas abertas, pirâmides de cadeiras, pilhas de lençóis. Atrás dos armários brilha um feixe de luz. Avanço com a impressão de pegar a ponta de um sonho e nela me instalar. Um homem, que vejo de perfil, está sentado a um grande piano de cauda, com uma mala de cantoneiras niqueladas perto da sua cadeira. Eu poderia tomá-lo pelo velho que dormia sobre as páginas do *Pravda*. Veste um capote parecido, mais comprido talvez, usa a mesma *chapka* preta. Uma lanterna elétrica, deixada à esquerda do teclado, ilumina as mãos do homem. Ele tem dedos que não têm nada a ver com os dedos de um músico. Falanges grossas e rudes, cheias de protuberâncias, cobertas de rugas escurecidas. Aqueles dedos se movimentam pelo teclado sem sustentar o som, fazem pausas, animam-se, aceleram sua corrida silenciosa, arrebatam-se numa escapada febril, ouve-se a batida das unhas na madeira das teclas. De repente, no auge dessa barulheira muda, uma mão, não se contendo mais, abate-se sobre o teclado, uma girândola de notas explode. Vejo que o homem, divertindo-se sem dúvida com essa imperícia, interrompe suas escalas inaudíveis e solta risadinhas cochichadas, miúdos cacarejos de velho maroto. Até levanta a mão e a cola à boca para reter aquelas tossidelas de riso... Súbito, compreendo que chora.

Recuo a passos desiguais, hesitantes, a mão atrás das costas para encontrar a porta. Já bem perto da saída, meu pé topa na haste de uma bandeira, e ela cai, arrastando numa barulhenta reação em cadeia toda uma enfiada de retratos na ponta de suas varetas compridas... O feixe da lanterna elétrica varre a parede e me ofusca. O homem o baixa imediatamente para meus pés, como se desculpando por haver me cegado. Um segundo de silêncio incomodado me permite perceber na testa dele a profunda canelura de um ferimento branqueado pelo tempo, e suas lágrimas. Balbucio, virando os olhos:

— Procurava uma cadeira. Está lotado lá na sala...

O homem apaga a lanterna, e é no escuro que ouço suas palavras, mas sobretudo aquela breve esfregadela que me deixa adivinhar seu gesto: com a manga do capote enxuga rapidamente os olhos.

— Ah, cadeiras, tem aqui quantas quiser. Mas preste atenção: a maioria delas está com as pernas quebradas. Eu tenho todo um sofá para mim, com algumas molas para fora, é verdade...

Percebo que o escuro não é completo naquela sala. Suas duas janelas se recortam no negrume, clareadas por um poste de iluminação, pelos incessantes turbilhões de neve que se contorcem em torno do caudal de luz. Vejo a silhueta do homem, que contorna os armários, desaparece num canto de onde o rangido agudo das molas chega até mim.

— Se por acaso anunciarem um trem, me acorde, por favor — diz ele do seu sofá.

E me deseja boa-noite. Puxo uma cadeira, instalo-me no meio dos retratos espalhados, decidido a fingir até o fim: teria vindo só procurar uma cadeira, não teria surpreendido suas lágrimas...

Finjo tão bem que logo adormeço, pego naquele violento sono da madrugada depois de uma noite em claro. O pianista é que me acorda, a mão no meu ombro, a lanterninha projetando na parede as sombras das cadeiras emaranhadas, de um cabide, da tampa levantada do piano...

— Acabam de anunciar o trem para Moscou! Se for o seu, é bom se apressar, vai ser a tomada de Kazan.

Ele tem razão. É um assalto. Um embaralhamento de fisionomias, um vaivém de malas volumosas, gritos, pisoteios nas trincheiras que sulcam a espessura da neve nas plataformas. Em meio ao empurra-empurra, perco rapidamente de vista o homem que acaba de me acordar. Um fiscal interrompe minha corrida já no degrau do vagão em que eu queria subir: "Já estamos feito sardinha em lata, não está vendo?". A porta seguinte está trancada. Junto da terceira se aglomera uma multidão da qual se ergue um rumor ora queixoso ora ameaçador. O fiscal verifica as passagens, aceita raros felizardos de acordo com critérios que aparentemente nem ele seria capaz de explicar. Tropeçando na neve esburacada pelas pisadas, precipito-me ao longo da composição. Uma velha, atolada num monte de neve, lamenta ter deixado cair os óculos. Um soldado, de joelhos, revira a neve à maneira dos cachorros. Seu colega, a alguns metros dali, urina num poste. O primeiro pesca os óculos com uma longa saraivada de palavrões triunfantes...

Vou patinando de um vagão a outro, cada vez mais certo de ter de passar mais um dia naquela cidade-arapuca. Meus julgamentos noturnos voltam, avivados pelo frio, pela cólera: "*Homo sovieticus!* Isso diz tudo. Se lhes propusessem agora subir nos telhados ou, pior ainda, ir correndo atrás do trem, ninguém reclamaria... *Homo sovieticus!*".

De repente aquele assobio. Não o silvo do trem. Um breve assobio de meliante, um chamado contundente, autoritário e dirigido a um cúmplice. Ergo a cabeça acima da multidão que assalta os degraus. No fim da composição, vejo o pianista agitando o braço.

— Eles às vezes o acrescentam, sobretudo no caso de um atraso como este — explica-me, enquanto nos instalamos no velho vagão de terceira classe. — Não vamos estar no quentinho, mas, o senhor vai ver, o chá aqui é melhor...

Foi praticamente tudo o que ele me disse o dia inteiro. Seu concerto noturno já quase não me parece real. De qualquer modo, interrogá-lo sobre aquela música silenciosa seria confessar que o vi chorar. Logo... Deitado na madeira nua do beliche, ponho-me a imaginar o acampamento humano que observei, esta noite, na sala de espera e que agora vive, sem nela prestar a menor atenção, uma experiência fabulosa: a passagem da Ásia para a Europa! A Europa... Além da janela, no pequeno retângulo que o gelo deixou livre, desfila sempre o mesmo infinito das neves, a perder de vista, impassível diante da marcha resfolegante do trem. A ondulação branca das florestas. Um rio sob o gelo, imenso, cinzento, fazendo pensar num braço de mar. E de novo o sono do planeta branco, desabitado. Viro-me ligeiramente, espio o velho, que permanece imóvel no beliche em frente, pálpebras fechadas, dedos cruzados sobre o peito. Aqueles dedos que sabem tocar melodias mudas. Será que ele pensa na Europa? Será que percebe que nos aproximamos da civilização, das cidades onde o tempo pode ter um valor excitante de jogo social, de troca de idéias, de encontros? Onde o espaço é aprisionado pela arquitetura, curvado pela velocidade de uma auto-estrada, humanizado pelo sorriso de uma cariátide cujo rosto vejo da janela do meu apartamento, não longe da Niévski?

Curiosamente, é a respeito da beleza de algumas ruas que nossa conversa se inicia, já à noitinha. Acabamos de sair de uma grande cidade sobre o Volga. A composição do trem foi refeita, e por um momento cheguei a temer que nos abandonassem num desvio. Há muito lugar disponível, como se as pessoas desdenhassem subir neste arcaico carro de terceira.

Meu companheiro se levanta, traz dois copos. Ao ficar sabendo que eu conhecia bem Moscou, anima-se, fala da capital com uma precisão inesperada, com um apego sentimental por tal rua, tal estação de metrô. "O apego de um provinciano", digo a mim mesmo, "que viveu na capital e gosta de surpreender os interlocutores com a originalidade do seu guia pessoal." Porém, quanto mais ele fala, mais constato que sua Moscou é uma cidade muito estranha, com lacunas evidentes, com teias de ruas nos lugares onde minha memória vê largas avenidas e esplanadas. Mais atento, percebo no relato dele alguns embaraços que o homem tenta evitar, ora se interrompendo no meio da palavra, ora contando um caso. "Antes da guerra...", "nos anos 30...", essas marcas do passado lhe escapam e me deixam perceber que ele passeia numa cidade que não existe mais. Acaba se dando conta disso, cala-se. Seu ouvido deve detectar nesse momento de mal-estar a mesma tonalidade desta noite, quando o surpreendi ao piano. Para mudar de assunto, amaldiçôo o tempo, os atrasos que me fazem perder a baldeação em Moscou. Preparamos nosso jantar: ovos cozidos que tiro da sacola, o pão que ele diz ter na mala. Pega um embrulho, abre-o.

Meia fôrma de pão preto. Mas a embalagem é que me chama a atenção — folhas amarrotadas de velhas partituras. Ele ergue os olhos para mim, alisa as páginas com o gume rude da mão. Suas palavras já não têm o tom de um passeador sentimental, como há pouco. No entanto, ele fala sempre das mesmas ruelas moscovitas e de um rapaz ("Eu me achava então o rapaz mais feliz do mundo", diz com um amargor sorridente), um rapaz que veste uma camisa clara encharcada por um aguaceiro de maio, um rapaz que pára diante de um cartaz e, com o coração disparando, lê seu nome: Aleksei Berg.

Antes, nos cartazes, ele procurava o nome do pai, dramaturgo, e também de quando em quando o nome de Victória Berg, sua mãe, quando ela dava recitais. Naquele dia, pela primeira vez, o nome anunciado era o dele. Seu primeiro concerto, dali a uma semana, no dia 24 de maio de 1941.

O aguaceiro tinha deixado o papel quase transparente, permitindo ler o cartaz anterior (uma competição de pára-quedismo), o perfil de Tchaikóvski, franzido, parecia o de um bobo da corte. Aliás, o concerto ia se realizar na casa de cultura da fábrica de rolamentos. Mas nada disso podia desmanchar seu prazer. A felicidade que aquele papel azul desbotado irradiava era muito mais complexa do que um simples orgulho. Havia alegria naquele início de noite luminoso e úmido que aparecia, como o frescor de uma decalcomania, sob a tempestade que findava. E o aroma das ramagens no salpicar ensolarado das gotas. A alegria daquelas ruas escurecidas pela chuva, que ele percorria, num passo distraído, indo dos arredores da cidade, onde ficava a casa de cultura, para o centro. Até a sala onde ia tocar, uma sala com paredes cobertas de fotos de máquinas-ferramenta e cuja acústica deixava a desejar, parecera-lhe festiva, aérea.

Moscou, naquela noite, era aérea. Leve, sob seus passos na teia das ruelas que ele conhecia de cor. Leve e fluida em seus pensamentos. Parando um minuto na Ponte de Pedra, contemplou o Kremlin. O céu movediço, cinza-azulado, dava àquele feixe de cúpulas e ameias um ar instável, quase dançante. E, à esquerda, a vista caía num imenso vazio, deixado pela catedral do Cristo Salvador, dinamitada alguns anos antes.

Alguns anos... Retomando a caminhada, Aleksei tentou lembrar a seqüência daqueles anos. A catedral fora destruída em 1934. Ele tinha catorze anos. Maravilhosa excitação sentir a calçada estremecer após cada explosão! Eram os anos felizes: 1934, 35, 36... Depois, de repente, aquela longa quarentena, como nos tempos das epidemias. A cidade pesa em torno da sua família. Uma noite, subindo a escada, ele ouve o cochicho de um homem que, um andar acima, sobe pesadamente, perdido num solilóquio quase mudo mas febril. "Não, não, vocês não podem me acusar... e as provas... as provas..." Aleksei capta esses fragmentos, reduz o passo, incomodado com aquela confidência roubada, e, de repente, reconhece o pai. Aquele velhinho resmungando, seu pai!... A quarentena dura. Certas palavras se tornam impronunciáveis. O *Dicionário do teatro*, que o pai publicou no início dos anos 30, é retirado de todas as bibliotecas. Alguns nomes que ele citava têm de desaparecer, porque acabam de desaparecer os que os usaram. Durante as aulas,

Aleksei observa rápidas manobras de xadrez: os colegas se movem para não ficar sentados a seu lado. "Rocam", pensa com amargor. Na saída, afastam-se, fogem seguindo trajetórias ágeis como esquiadores numa descida de montanha cheia de obstáculos. Tem a impressão de que as pessoas com que cruza, no conservatório, tornaram-se todas vesgas, elas entortam os olhos para evitar o olhar dele. Seus rostos o fazem pensar naquelas máscaras que viu num livro de história, máscaras assustadoras de nariz comprido que os moradores das cidades invadidas pela peste envergavam. Os amigos respondem a seu cumprimento, mas de esguelha, furtivamente, desviando a cabeça, e essa esquiva — meio perfil, meia face — espicha o nariz deles num longo dardo curvo de inseto. E balbuciam um pretexto para ir embora e suspiram como se inalassem as ervas aromáticas de que eram guarnecidas aquelas máscaras contra a peste... No decorrer do inverno de 39, ele surpreende o conciliábulo dos pais, depois, em plena noite, vê os dois pondo seu plano em execução. No forno da cozinha, queimam o velho violino do pai. O marechal Tukhatchévski, amigo da casa e bom violinista, tinha tocado duas ou três vezes nele, após o jantar, para os convidados. É executado em 37, e o pequeno violino de verniz com ranhuras se transforma numa terrível prova incriminatória... Queimam-na naquela noite, temendo a prisão, os interrogatórios. Na pressa, o pai se esquece de soltar as cordas, e Aleksei, espiando pela porta entreaberta do quarto, ouve o rápido arpejo das cordas rompidas pelo fogo... Depois daquela noite, o ar que respiram começa a ficar mais leve. Monta-se novamente uma peça do pai. Ainda, muito raramente, vê-se nos cartazes o nome da mãe. Durante o ano de 1940, Aleksei encontra cada vez mais olhares retos. Uma espécie de cura ocular, dir-se-ia. Comemora o réveillon em companhia de um daqueles falsos vesgos. Um dos tangos que dançam naquela noite se chama "O olhar de veludo". Graças aos anos de medo e humilhação, intui o que valem o langor desse "veludo" e os olhares das que ele leva nos braços. Mas só tem vinte e um anos e um vertiginoso atraso de tangos, de abraços, de beijos a recuperar. E está ferozmente decidido a recuperá-lo, nem que seja preciso, para tanto, esquecer a noite, o cheiro do verniz queimado, o breve gemido das cordas nas chamas.

Afastou-se do Kremlin, mergulhou sob os galhos, pesados de chuva, dos bulevares. A história do violino, o terror noturno, os anos da solidão de empestado ainda voltam de tempos em tempos à sua memória, mas sobretudo para aguçar a felicidade que vivia agora. O cochicho dos pais na noite e o cheiro acre do verniz queimado, eis tudo o que restava daqueles três anos negros — 37, 38, 39. Pouca coisa, perto dos prazeres tão variados de quc a vida dele se enchera desde então. Por exemplo, aquela camisa molhada que se colava em seu peito, aquele simples prazer de sentir o corpo jovem, ágil, musculoso apagava a angústia daqueles anos de epidemia. Mas sobretudo seu concerto, dali a uma semana, e os pais, que ele imaginava sentados, no fundo da sala (havia negociado asperamente esse incógnito), e, na primeira fila, uma das moças com que, na noite do réveillon, tinha dançado "O olhar de veludo". Lera.

Pensou de novo na decalcomania. O mundo inteiro se parecia com esse jogo de cores: bastava retirar uma fina folha acinzentada de más lembranças, e a alegria fulgurava. Como, no início de maio, fulgurava a nudez de Lera sob aquele vestido marrom que eles arrancavam juntos na precipitação dos beijos ainda clandestinos, o ouvido atento aos ruídos no corredor da *datcha*: o pai dela, um velho físico, trabalhava no terraço e de vez em quando pedia uma xícara de chá ou uma almofada. Era uma nudez saudável, um desses corpos que na época eram vistos marchando, cobertos por um leve maiô, nos desfiles à glória da juventude. O que Lera dizia também era saudável. Ela falava de família, do futuro apartamento deles, de filhos. Aleksei intuía que esse casamento o tornaria definitivamente igual aos outros, apagando sua silhueta de adolescente que espiava as notas das cordas consumidas pelo fogo. Mais do que com o jovem ninho familiar, sonhava na verdade com o carro do pai, aquele grande Emka preto, que era confortável como a cabine de luxo de um navio e que ele já sabia dirigir. Para se livrar de uma vez por todas do adolescente medroso, bastava imaginar aquele carro, ele, Lera, a faixa azulada da floresta no horizonte.

Seu pensamento deslizou para os dias vividos na *datcha*, naquela aldeia com o nome musical de Bor. Para a decalcomania daquele corpo tirando o vestido de colegial e se prestando às carícias mais ousadas, a uma luta carnal, àquela violência risonha de que saem arquejantes, a vista turvada pelas lágrimas de um desejo reprimido. Esse jovem corpo que se furta no derradeiro momento, fecha-se como uma concha sobre sua virgindade. E esse jogo agrada a Aleksei. Nessa resistência, ele lê um compromisso de fidelidade futura, uma promessa de moça responsável e consciente. Uma vez somente a dúvida surgiu. Ele acorda depois de um breve sono, num quarto ensolarado, e através dos cílios vê Lera já de pé, perto da porta. Ela se vira e, acreditando que Aleksei ainda dorme, pousa nele um olhar que o deixa gelado. Ele parece reconhecer o olhar das máscaras de nariz comprido. Para apagar essa semelhança, pula da cama, agarra Lera na soleira da porta, arrasta-a para a cama, num combate feito de risos, mordidinhas, tentativas de se soltar. Quando ela por fim consegue escapar, ele não sente a excitação da felicidade, mas um cansaço súbito, como no fim de um espetáculo que teria sido forçado a apresentar. E intui que aquele corpo feminino, ao mesmo tempo oferecido e proibido, aquele corpo macio e cheio, pertence a uma vida que nunca será a sua. Sim, claro, logo se corrige, casará com Lera, e a vida deles terá a mesma substância que aquela tarde de primavera. Só que ele terá de esquecer a melodia das cordas se rompendo no fogo. A vida deles terá a sonoridade da música composta para um desfile esportivo num estádio. Ele lembra que um dia tentou contar a Lera sobre aquelas notas que alçavam vôo das cordas queimadas. Ela o interrompeu justamente com este conselho entusiasta: "E se você escrevesse uma marcha esportiva?"...

No pátio do prédio, não pôde evitar o breve despertar da angústia: "A batalha naval!". Foi assim que um dia, durante os anos do terror, tinham se apresentado a ele todas aquelas janelas, e as do apartamento deles no meio da fachada — casinhas do jogo que uma mão invisível, imprevisível!, riscava, jogando os moradores num carro preto que vinha no fim da noite e ia embora com sua presa. De manhã ficava-se sabendo que determinado apartamento agora estava vazio. "Atingido, a pique..."

Seu olhar correu por aquelas três janelas, três casinhas indenes em meio a tantos naufrágios. O antigo medo desaparecera. A felicidade presente era por demais intensa para lhe ceder lugar. Aleksei só lamentava uma coisa: aqueles anos malditos haviam amputado de sua vida uma etapa importantíssima, que ele teria dificuldade para definir. O tempo da primeira juventude, uma idade sonhadora, exaltada, durante a qual se poetiza a mulher, diviniza-se sua carne inacessível, vive-se numa feroz espera do milagre amoroso. Nada de tudo isso para ele. Tinha a impressão de que, por um súbito salto, fora propelido da infância, daquela calçada sacudida pela destruição da catedral dinamitada, por cima daqueles anos de terror — para uma vida já adulta, para a nudez daquele belo corpo musculoso que Lera lhe dava quase inteiro, reservando o quase para o casamento.

Subiu a escada e, a cada degrau, registrou o número de partidas e de chegadas, sobretudo no auge da "batalha naval" de 37, 38, 39. Gente tirada do sono e vivendo essa partida como um sonho que resvalava para o horror. Aquele apartamento, abaixo do deles, uma família, uma garota que, alguns dias antes da partida noturna, havia cruzado com ele na rua e lhe falado de um novo sabor de sorvete que estavam vendendo nos bulevares...

Acelerou o passo e se pôs a cantar uma ária de ópera, do repertório da mãe, uma ária de modulações amorosas, inebriantes. Ela o ouviu através da porta e, sorridente, veio abrir para ele.

Dois dias antes do concerto, voltou à casa de cultura da fábrica, para o último ensaio. "O ensaio geral", como havia anunciado aos pais no jantar. Tocou a tarde inteira, repassou todo o programa e parou, lembrando-se do conselho da mãe: de tanto ensaiar, às vezes perdemos aquela vibração íntima de novidade, aquele quê de milagre ou de prestidigitação de que a arte não pode prescindir. "É como o medo do público", ela acrescentava. "Se não ficamos nem um pouco com medo, é mau sinal..."

No caminho de volta, ele pensou naquele medo benéfico, naquele arrepio que estimula. Daquela vez, não tinha ficado com medo durante o ensaio. "Tocar num banho de vapor destes...", justificava-se. O dia estava pesado, leitoso, quentíssimo. Um dia sem cores, sem vida. "Sem medo do público", disse ele consigo, sorrindo. A mãe também lhe falava daquelas jovens atrizes que afirmavam nunca ter medo do público e a quem Sarah Bernhardt prometia com irônica indulgência: "Esperem um pouco, vem com o talento...".

Mesmo sob o verde dos bulevares, o torpor úmido se estagnava, amortecia os barulhos, envolvendo as árvores, os bancos, os postes de luz num reflexo cinza, o reflexo de um dia vivido antes, no qual se teria penetrado por engano. Aleksei deixava a alameda principal para encurtar caminho quando, de repente, destacou-se de uma fileira de árvores uma silhueta que ele reconheceu de imediato: o vizinho deles, um aposentado que com freqüência era visto sentado no pátio, debruçado sobre um tabuleiro. Agora, ele avançava num passo apressado e estranhamente mecânico, vinha direto ao seu encontro e, no entanto, parecia não notá-lo. Aleksei já se preparava para cumprimentá-lo, apertar sua mão, mas o homem, sem olhar para ele, sem diminuir o passo, passou reto. Foi bem no último instante desse encontro frustrado que os lábios do velho se moveram ligeiramente. Baixinho, mas distintamente, ele sussurrou: "Não volte para casa". E apressou o passo, virou numa estreita alameda transversal.

Confuso, Aleksei ficou indeciso por um momento, não acreditando em seus ouvidos, nem mesmo compreendendo o que acabava de escutar. Depois correu atrás do velho, alcançou-o perto de um cruzamento. Mas, antes que pudesse lhe pedir um esclarecimento, o vizinho, sempre evitando seu olhar, cochichou: "Não volte para casa. Fuja. A coisa está feia por lá". E o velho atravessou depressa, já no sinal vermelho, na frente de um carro, que buzinou. Aleksei não o seguiu. Acabava de ver naquele rosto que se desviava dele a máscara de nariz comprido.

Recobrando a presença de espírito, constatou como as palavras do velho eram absurdas. "A coisa está feia por lá." Delírio. Um acidente? Uma doença? Pensou nos pais. Mas por que então não dizer claramente?

Hesitou um pouco, mas, em vez de entrar diretamente no pátio, contornou o quarteirão, subiu as escadas do edifício cujas janelas, na caixa de escada, davam para a fachada do prédio deles. No último patamar não havia apartamentos, apenas a saída, que levava ao teto. Conhecia aquele posto de observação por ter fumado lá seu primeiro cigarro. Até essa sensação vagamente criminosa ainda estava presente ali: por um postigo estreito, dava para ver todo o pátio, o banco em que os aposentados liam jornal ou jogavam xadrez, e, se se comprimisse bem a testa contra o vidro, dava para distinguir a janela do quarto dos pais e a da cozinha. A essa espiada se misturava o gosto das primeiras baforadas de tabaco.

Ficou um bom momento com o rosto colado no vidro. Conhecia a fachada até a mais ínfima cornija, até as pregas das cortinas nas janelas. A copa de uma tília que chegava quase à altura do apartamento deles estava petrificada no calor abafado do entardecer e parecia aguardar um sinal. Para um fim de tarde de maio, havia curiosamente pouca gente no pátio. Os que o atravessavam se esgueiravam em silêncio e sumiam rapidamente na sonolência das ruelas. Até a caixa de escada estava muda, como se ninguém saísse nem entrasse. O único barulho: o rangido daquela bicicletinha que uma criança pedalava, incansável, em torno de um canteiro de campânulas. A certa altura ela parou, ergueu os olhos. Aleksei estremeceu, afastou-se do postigo. Pareceu-lhe que o menino o fitava, com um olhar preciso, duro, um olhar de adulto. Tinha fisionomia de adulto, aquela criança. Um pequeno adulto sonso na sua bicicleta.

O rangido das rodas voltou. Aleksei achou estúpido seu medo. Tão estúpido quanto aquela expectativa atrás de um vidro poeirento, tão tolo quanto a advertência daquele velho jogador de xadrez, que sem dúvida o confundira com outra pessoa.

Teve vontade de descer correndo, de ir para casa a fim de vencer o medo. "O medo do público", caçoou em silêncio, e desabalou pela escada. Mas, dois andares abaixo, parou. Um casal acabava de entrar e começava a subir, obrigando-o a recuar para seu refúgio. Observou de novo as janelas do apartamento, as dos vizinhos de baixo, e de repente compreendeu o que o retinha ali...

Durante os anos do terror, aquele apartamento havia presenciado três partidas. Levaram, primeiro, o construtor de aviões e sua família. No pátio, o diz-que-diz sustentava que o assistente dele é que o denunciara, para ocupar seu cargo e o apartamento. Havia se instalado lá com a família, tivera tempo de comprar móveis novos para a sala de jantar e de sentir a perenidade dessa nova situação. Seis meses depois, na noite em que chegou a vez deles, ouviu-se o grito da filhinha, que, ainda sonolenta, reclamava a boneca favorita, a qual, na correria da detenção, ninguém tinha pensado em pegar. Uma semana mais tarde tomava posse do apartamento aquele homem com o uniforme da Segurança de Estado. Quando cruzava com os vizinhos na escada, parava, fitava-os com um ar bitolado, aguardava que o cumprimentassem. Seu filho parecia um filhote de javali. De qualquer modo, foi com a força obtusa desse animal que um dia ele empurrou Aleksei contra a parede e deixou filtrar por entre os dentes: "E aí, seu intelectual podre, continua batucando no seu pianinho de merda? Espere um pouco, vou pegar um martelo e pregar a tampa da sua música!". Aleksei não disse nada aos pais. Aliás, pouco tempo depois, lá pelo fim de 1938, o apartamento estava livre de novo...

Grudou a testa no vidro. As cortinas do quarto dos pais pareceram se mexer. Não, nada. Voltou a pensar no rapaz-javali, em seu rosto inchado, em seu desprezo. Na sua ameaça, sobretudo, totalmente fantasiosa, claro, mas que de repente parecia realizável: o piano e a tampa pregada com grossos pregos de carpinteiro. Na verdade, se ele espiava agora por aquele postigo coberto de teias de aranha, era por causa daquele jovem javali. Foi graças ao seu desaparecimento que, numa noite de dezembro, ele compreendeu que ninguém estava a salvo. Nem mesmo os vencedores. Nem mesmo os que tinham combatido corajosamente os inimigos do povo. Nem mesmo os filhos desses combatentes.

Viu, nesse momento, o jogador de xadrez atravessar o pátio num passo tranqüilo. O velho agitou o braço, cumprimentando uma mulher que regava as flores à janela, depois desapareceu numa entrada. O crepúsculo já impedia de ver a expressão dos semblantes. E, como em resposta a essa impressão, a luz coloriu as cortinas do quarto dos pais. Uma sombra se desenhou, bastante familiar. Ele pensou reconhecer a mãe. E até percebeu uma mão, a mão dela, claro, puxando as cortinas. "Sou um completo cretino e o pior dos covardes", disse consigo, experimentando uma maravilhosa dilatação no peito. Seu olhar percorria agora sem sobressaltos aquelas fileiras de janelas, que começavam a se acender. Serenas, quase sonolentas na calma de um anoitecer de maio. Uma porta, embaixo do prédio onde ele estava escondido, bateu. Clique da fechadura, vozes, silêncio. Resolveu esperar mais um minuto, agora unicamente para evitar olhares curiosos. "Além do mais, tenho meu concerto sábado...", afirmava dentro dele uma voz confiante. Esse argumento parecia afastar definitivamente o perigo que o velho louco com que cruzara nos bulevares tinha inventado. "Vou voltar para casa, terei mais uma hora para ensaiar, antes que os vizinhos comecem a reclamar."

Deu uma última olhada no edifício, e foi com esse olhar já despreocupado e cansado pela tensão que viu, atrás da janela apagada da cozinha deles, um oficial que, de alto a baixo, observava o pátio.

Pareceu-lhe que a escada não tinha fim. Volta após volta, numa corrida apavorada, ele seguia o ziguezague dos lances que se prolongavam interminavelmente, como por uma ilusão de ótica. Nas ruas, depois nos corredores do metrô, na estação, acreditava continuar se internando na espiral soturna da caixa de escada, esquivando-se das portas, que a qualquer momento poderiam se abrir. E seu olhar carregava a visão de uma janela em que se recortava a silhueta de um homem apertada por um cinturão. Ele não corria, despencava.

Essa queda cessou nos guichês. De uma caixa de balas, a empregada tirou uma bolinha cor-de-rosa e a enfiou na boca. E, enquanto seus dedos pegavam o dinheiro e davam o troco, os lábios mexiam, espremendo a bala nos dentes. Aleksei olhava para ela com estupor: atrás da janelinha do guichê começava um mundo quase mágico, feito da rotina maravilhosa das balas, daquele bocejo sorridente. Um mundo de onde ele acabava de ser expulso.

Aquela vida que continuava tranqüilamente sem ele o impressionara tanto, que ele não se surpreendeu com o que ocorreu na *datcha*, em Bor. O pai de Lera, aquele professor em geral enclausurado no escritório e surdo aos chamados e às campainhas, atendeu-o, dessa vez quase imediatamente. Às onze horas da noite. Aleksei também não achou nada de surpreendente no fato de aquele homem idoso, assim que o ouviu, ter se apressado em lhe oferecer um jantar que parecia já aguardar na mesa da cozinha. Aliás, ante suas tentativas de explicar o que acontecia com os pais, o professor só teve estas palavras: "Coma, coma direito! Depois trate de dormir. A noite é boa conselheira". Repetiu esse provérbio várias vezes, maquinalmente, com ar de quem encerra uma reflexão que a visita do rapaz havia interrompido.

Estranhamente, apesar da agitação que o abalava, ele caiu rápido num sono denso e breve. Quis se esconder no sono, na esperança de acordar do outro lado do guichê atrás do qual uma moça chupava uma bala. Teve um sonho em que aquele guichê era muito baixo, quase no chão, e ele tinha de se curvar para ver na grade o rosto que substituía o da funcionária: o rosto de Lera, mas de uma Lera ambígua, surpreendida numa ocupação inconfessável. Havia também o velho jogador de xadrez, sentado num banco molhado pela chuva. Aleksei jogava com ele, mexendo as peças não num tabuleiro, mas nas páginas de um atlas de anatomia cujas ilustrações eram obscuramente ligadas ao jogo deles. E seu sono estava impregnado do medo de não descobrir essas ligações, evidentes para o velho. Apareceu, enfim, a silhueta da sua mãe, que recitava versos e que de repente os cantou numa voz tão aguda e desesperada que ele acordou com um grito mudo na garganta.

Consultou o relógio: três e meia. Além da janela, a noite começava a empalidecer. Aleksei observou o quarto, os contornos dos móveis, e quase calmamente pensou: "Caramba, ele vai me delatar...". Num relâmpago, todas as estranhezas ignoradas na véspera se congelaram numa lógica sem escapatória. O professor, que nunca dormia tarde, abriu a porta ao primeiro toque da campainha, todo vestido. Sua mulher, sem a qual ele não dava um passo, estava ausente. Lera também. No quarto, tudo estava arrumado, parecia, para receber um hóspede... "Não, ele não vai me delatar, vai simplesmente deixá-los entrar..."

Saltou da cama, vestiu-se, passou o ferrolho na porta, pulou a janela...

No início da trilha que costumava pegar com Lera para ir tomar banho no lago, hesitou, virou na direção de uma velha garagem, atrás da casa, sentou-se num toco de árvore, decidido a esperar. Não precisou. Do fundo da rua principal, que dividia em dois o loteamento de *datchas*, chegou um barulho de motor. O carro parou. No silêncio ainda noturno, ele percebeu o ruído das batidas na porta, o cochichar de vozes de homens e, mais clara, num tom suplicante mas procurando preservar a dignidade, a voz do professor: "Camaradas, vocês me prometeram... É um rapaz frágil. Por favor! Tenho certeza de que os pais dele...". Alguém o interrompeu num tom irritado: "Escute aqui, professor, não se meta onde não é chamado! O senhor falará quando o interrogarmos...".

Precipitando-se na trilha, Aleksei ainda ouviu, vindo do interior da casa, o tamborilar de dedos numa porta.

Bem mais tarde, quando desvendasse a mania impiedosa que a vida tem de ser paradoxal, compreenderia que na realidade devia sua salvação aos alemães. Desde o mês de abril daquele ano de 1941, antes até, porém de uma maneira mais confusa, falava-se em Moscou da ameaça que viria do Oeste. Sua mãe se lembrava, nessas ocasiões, da família da irmã, que vivia na Ucrânia, numa aldeia remota. Parentes pobres, por assim dizer, e nunca convidados para vir a Moscou. Imaginava-os no lugarejo deles, bem perto da fronteira polonesa, expostos à guerra cada vez mais previsível. "Mas nunca, ora essa, nunca nosso exército deixará os alemães atravessarem a fronteira", interrompia-a o pai. "Mesmo se, numa hipótese absurda, eles conseguissem soltar algumas bombas, não haveria o que temer. Pego o carro, vou à casa da sua irmã, trago todos depressa para Moscou." Esse projeto de evacuação de carro voltava de tempos em tempos nos serões familiares.

Aleksei se lembrou disso quando, por volta das seis da manhã, alcançou, a pé, os arredores de Moscou. Ecoavam em sua cabeça os nomes dos colegas de conservatório que podiam ajudá-lo, nomes que, considerados um a um, esfumavam-se na dúvida. Pensou então naquela tia, na Ucrânia, lembrou-se do projeto da viagem de carro, apressou-se em se agarrar a essa idéia antes que ela lhe parecesse inverossímil.

A garagem, a algumas ruas do prédio deles, ficava encostada no muro de um mosteiro destruído. O lugar, naquela hora, ainda estava deserto, as portas das outras garagens, fechadas. Ele se pôs na ponta dos pés e, contendo a respiração como se fosse apanhar uma borboleta, esticou a mão até um pequeno vão sob a folha ondulada do telhado. O pai, muito distraído, costumava deixar ali a cópia da chave. Seus dedos tatearam febrilmente o fundo do esconderijo e de repente tocaram o metal.

Pôs no porta-malas os dois bujões de gasolina, guardados de reserva, e, antes de sentar ao volante, olhou à sua volta. A cabeça, esvaziada pelo cansaço e pelo medo, despertou: aquela garagem com uma lâmpada mortiça no teto, aquele cheiro de gasolina, aqueles objetos em que o pai havia tocado — último reflexo da vida deles?

Passos fizeram o cascalho chiar. Aleksei sentou ao volante, o espírito novamente vazio, o coração na mão, o corpo pronto para executar o jogo de movimentos familiares e lançar o pesado veículo preto contra a porta entreaberta... Mas lá fora os barulhos se encadearam numa seqüência sem perigo: tilintar de um chaveiro, rangido de portas, partida.

Parando num cruzamento, deu-se conta de que só havia dirigido fora de Moscou uma vez: para levar Lera à *datcha* de Bor.

Encontrou no carro um maço de mapas rodoviários, entre eles o da região, na Ucrânia, onde sua tia morava. Um paletó e um boné velho estavam jogados no banco de trás. Pôs um e outro e, mais tarde, constatou como facilitavam a passagem pelos postos da milícia. Graças sobretudo ao boné, parecia um motorista com pressa de chegar ao domicílio de um importante personagem. E, quanto mais ele se distanciava de Moscou, mais o grande carro preto impunha respeito.

No fim do segundo dia de viagem, numa estrada já rural, cruzou com uma carroça conduzida por um jovem camponês que ficou boquiaberto diante do carro surgido no meio dos campos. Com um forte sotaque nasalado, misturando palavras russas e ucranianas, ele explicou o caminho. Aleksei estava a cerca de vinte quilômetros do seu destino.

Antes de cair a noite, ele progrediu mais, depois virou, seguiu por uma estrada de terra que se embrenhava na floresta, parou quando um tronco grosso lhe barrou o caminho. Comeu uma fôrma inteira de pão comprada numa aldeola que tinha atravessado ao meio-dia, sentiu-se inebriado pelo alimento, pelo sono que se apoderava dele. A floresta em torno do carro parecia infinita. Ele quis ver as horas, lembrar a data, como para se agarrar a uma bóia no oceano de galhos e sombras. Deitado no banco do automóvel, ergueu o braço na direção da luz que filtrava pela folhagem. Eram apenas oito e meia da noite. Dia 24 de maio...

"Meu concerto!", murmurou, levantando-se bruscamente. Uma bonita mariposa se debatia contra o vidro de trás, as asas cobertas por uma escrita fina, misteriosa, deixavam traços de pólen no vidro. E foi também como que através da espessura do vidro que ele imaginou a sala, um palco iluminado, um rapaz se dirigindo ao piano. Numa ilusão pungente, observou, por um instante, aquela vida que continuava em algum lugar, sem ele.

De manhã, saiu da floresta a pé. E se virou várias vezes: o sol ainda baixo enchia o interior do carro abandonado de uma luz dourada, parecia um carro deixado por uma família que se dispersara no meio das árvores para colher morangos silvestres.

A tia o escutou em silêncio, deixou-o falar demoradamente, repetir-se. Sentia que era assim que ele ia se acostumar à sua nova vida. O tio voltou da cidade por volta do meio-dia e também não falou muito. Aleksei descobriria, semanas depois, que por trás daquela aceitação muda da sua vinda, do risco da sua vinda, havia sem dúvida a vontade tácita de fazê-lo compreender: "Está vendo, nós, uns matutos, recebemos você de braços abertos. Não guardamos rancor dos parentes que nos esqueceram". Mas, naquele momento, ele só precisava da possibilidade de contar, de ser aprovado, de ver confirmado que, de qualquer modo, se tivesse ficado em Moscou, não teria podido fazer nada pelos pais. Também percebeu que, em alguns gestos rápidos, já preparavam sua existência clandestina naquela casa. A economia de palavras e de gestos lhe lembrou que a epidemia de medo por que a família dele passara em 37 se abatera sobre aquela gente muito antes. No fim dos anos 20, desde o início da coletivização naquelas plagas. Eles tinham perdido os dois filhos na fome que se seguira, já haviam escondido fugitivos.

Foi num desses esconderijos que o tio o instalou. Foram ao paiol, e, na meia-luz que penetrava através das tábuas, Aleksei viu um espaço vazio, sem janela, sem o menor canto onde pudesse se abrigar. Ante seu ar aturdido, o tio sorriu e explicou a meia-voz: "É uma mala de fundo falso". Forçou uma tábua, que cedeu, e Aleksei, passando a cabeça pela abertura, descobriu uma espécie de vão estreito entre duas paredes de madeira, de uns cinqüenta centímetros de largura, se tanto, com um catre também de madeira, uma mesinha pregada na parede, um balde, uma moringa, uma tigela. "Vai ter de acostumar seu nariz moscovita ao cheiro de bosta", acrescentou o tio. "Espalho bastante em volta do paiol, para o caso de eles virem com cachorros..."

Dois dias depois, o tio lhe anunciou, um pouco incomodado: "Sei que isso vai doer, mas... o carro, vamos ter de sumir com ele, afundá-lo na água. Vou mostrar o lugar de onde poderemos empurrá-lo".

Aleksei aprendeu rapidamente a moldar o corpo, os movimentos, ao vão exíguo. Foi capaz de parar no meio de um gesto sua vida secreta quando um dia, além das tábuas, ecoou esta voz, que dizia rudemente ao tio: "Seu sobrinho não está longe, as pessoas o viram. É bom você nos ajudar, antes que nós mesmos o encontremos no seu celeiro...". O tio, calmíssimo, respondia com uma voz sem timbre: "Nunca vi esse sobrinho em toda a minha vida. Se vocês o encontrarem, vou ter a oportunidade de conhecê-lo...". Aleksei ficou petrificado, a colher parada a caminho da boca, não ousando nem mesmo espantar uma mosca da testa.

Saía do refúgio no meio da noite, lavava-se, mudava de roupa, desenferrujava as pernas. A tranqüilidade dos campos, o céu, as estrelas embaçadas de calor, tudo o convidava à confiança, à alegria da vida. Tudo mentia.

Acabara estudando cada fissura entre as tábuas, sabia que campo de visão ofereciam. Esta, acima da mesinha, permitia observar uma parte estreita da estrada que ligava a aldeia à sede da comarca. Esta outra, ao lado do catre, emoldurava uma cerca de galhos secos.

Um dia, ao pé dessa cerca, observou alguém dormindo, um bêbado, esticado como se tivesse sido abatido por um tiro de fuzil. As abas do seu casaco se estendiam na poeira da estrada, o ronco chegava ao paiol. Aquele corpo prostrado exprimia uma indiferença tão bem-aventurada pelo que pudessem pensar dele, tal abandono naquela morte temporária, tal esquecimento da sua pessoa, que Aleksei sentiu uma inveja violenta. Ou melhor, uma tentação: abordar aquele cadáver roncante, revistá-lo, roubar-lhe os documentos, disfarçar-se com suas roupas, voltar à vida com esse nome roubado...

As farpas da tábua espetavam seu rosto. Aleksei fixava o bêbado como se aquilo fosse uma aparição milagrosa. O homem não se parecia nem um pouco com ele, era pelo menos duas vezes mais velho, ruivo, nariz chato. Mas a idéia de um roubo de identidade, por enquanto inverossímil, incrustou-se na sua memória.

Um entardecer, viu, por uma daquelas frestas entre as tábuas, a carroça do tio se afastar: ele segurando as rédeas, a tia sentada no meio dos caixotes de legumes que iam vender na feira de domingo, na sede da comarca.

À noite, o barulho de cascos varou seu sono. "Já voltaram?", espantou-se, ainda meio adormecido. A martelação se tornou mais pesada, lembrava a tempestade. Costas comprimidas contra as tábuas da parede, sentiu que elas vibravam. "Quantos cavalos!", soprou-lhe o sonho repleto de tropas que faziam a terra tremer sob seu galope. E logo, deslindando o engano do sono, ele pulou do catre, empurrou a tábua da saída secreta e, saindo na noite, viu o horizonte em chamas. As vagas dos bombardeios ressoavam agora mais distintas, numa cadência que se tornara regular. Bem baixo, rasando os telhados da aldeia, passou um avião, depois outro. Parecia um número de acrobacia aérea. Mas a estrada já se enchia de gente que fugia. Aleksei se apressou a voltar para o refúgio. Seu campo de visão, entre duas tábuas, capturou uma mulher que tropeçava arrastando atrás de si duas crianças sonolentas, uma velha que chicoteava uma vaca. Então, mais rápido, no sentido inverso, soldados que se chocavam contra a onda de fugitivos. E, menos de uma hora depois, a fumaça, o tamborilar das balas, que descascavam o reboco das paredes, e, de repente, aquela massa trovejante que passou rente ao paiol e com suas lagartas hachurou a horta que a tia dele havia regado justamente na véspera.

Ficou deitado no chão um bom tempo. As paredes do seu refúgio estavam perfuradas aqui e ali pelas balas. Pouco a pouco a gama dos barulhos se tornou mais simples, mais pobre. Alguns gritos ainda, o rangido das lagartas, uma rajada já longínqua. Enfim, apenas o assobio do fogo. Aleksei espiou por um dos olhos mágicos abertos pela fuzilaria. Perto da cerca, no ponto exato em que, duas semanas antes, ele tinha visto um bêbado dormindo, estendia-se o corpo de um soldado, o rosto ensangüentado virado para o nascer do sol, como para se bronzear.

Ele demorou dois dias para encontrar seu homem, seu doador de identidade. As buscas na aldeia incendiada tinham fracassado. Havia dado com alguns sobreviventes e tivera de fugir. Na estrada, encontrava sobretudo corpos de mulheres e de crianças ou de homens idosos demais.

No fim do segundo dia de caminhada, desceu até um rio e na margem, na entrada da ponte demolida pelos obuses, viu todo um campo de batalha, dezenas de soldados a quem a morte emprestara poses ora bem banais, como a daquele corpo com as pernas dobradas, ora patéticas, como a do jovem soldado que estendia a mão para longe num gesto de tribuno.

Escondido no mato, Aleksei esperou, apurando o ouvido, mas não escutou gemido algum. A noite ainda estava clara, os rostos dos mortos, quando ele enfim ousou se aproximar, revelavam-se com uma simplicidade indefesa. Percebeu que não havia soldados alemães, certamente já levados pelos seus.

Reparava nos olhos, às vezes amplamente abertos, conferia a cor dos cabelos, a estatura. De quando em quando, fascinado com a morte, esquecia o objetivo da sua busca, mergulhava num torpor de autômato, transformando-se numa câmera hipnótica que enquadrava, uma após outra, aquelas vidas interrompidas. Depois voltava a si, recomeçava a procurar seu duplo. A cor dos cabelos, o relevo dos traços, a estatura.

Bem perto do rio, encontrou um rosto parecido com o seu, mas o soldado tinha cabelos castanhos, quase negros. Disse consigo que poderia raspar a cabeleira loura e que na foto de uma carteira de identidade essa diferença de cor seria pouco visível. Com dedos trêmulos, desabotoou o bolso da jaqueta do soldado, pegou a caderneta com uma estrela vermelha e se apressou a devolvê-la. Na foto, o soldado não se parecia nada com ele, e os cabelos emolduravam o rosto como um traço de carvão.

Parando perto de outro, notou a semelhança de traços. Mas percebeu de repente que a orelha esquerda do soldado estava rasgada por uma bala. Afastou-se rapidamente, compreendeu logo que a ferida não desmentia em nada a semelhança, mas não teve coragem de voltar àquela cabeça ensangüentada.

Descobriu aquele outro morto por acaso, quando, para se desfazer do cheiro que pairava na margem, entrou na água até os joelhos e lavou o rosto, o pescoço. Boa parte do corpo do soldado estava esmagada sob uma viga da ponte que desabara. Via-se apenas a forma oval da cabeça loura, um braço apertado contra o peito. Ele se aproximou, debruçou-se, surpreso de ver o quanto aquele rosto desconhecido se parecia com o dele, agarrou a viga, jogou-a para o lado... E pulou para trás: os olhos do soldado se animaram, e dos lábios escapou um fluxo rápido de palavras sussurradas, num alívio queixoso. Em alemão! Depois um longo esguicho de sangue. E de novo a fixidez da morte.

A passos largos, procurando não rever os rostos conhecidos, deixou a margem. Não tentou nem sequer desculpar aquela fuga ou se tranqüilizar dizendo consigo que num outro lugar, quem sabe... Estava vazio de si mesmo, contaminado pela morte, expulso do próprio corpo por todos aqueles mortos que ele punha em sua pele, metendo-se na deles. Falou ritmando os passos, querendo se encher do que havia sido antes... Mas de repente parou. Longe dos outros, jazia um soldado, cabeça lavada pelo fluxo da corrente. Aquele que ele procurava.

Aleksei começou a se despir, com gestos que pertenciam a algum outro, gestos um tanto rudes, eficazes... Vestido, constatou que as botas eram apertadas demais. Voltou à ponte e sempre naquela ausência de si mesmo tirou as botas de outro soldado. A bota direita resistiu. Sentou-se, observou, desamparado, aquele grande corpo que seus esforços tinham movido, viu-se com um olhar exterior — aquele rapaz em meio a um belo crepúsculo de verão, na margem franjada de areia — e aquelas dezenas de cadáveres. De vez em quando, nos caniços, um peixe se mexia, preguiçoso, batia na água com um marulho sonoro... Ele se endireitou, pegou aquela bota colada na perna, pôs-se a sacudi-la, puxá-la selvagemente. Não se dava conta de que um momento antes chorava, falava com alguém e até acreditava ouvir as respostas.

Seguindo caminho, acalmou-se. No meio da noite, passada numa carroça abandonada, acordou, riscou um fósforo, leu o nome do soldado que agora era ele. No bolso da jaqueta encontrou a foto de uma moça e um cartão-postal, dobrado em dois, com uma imagem do Palácio de Inverno.

Imaginou detalhadamente seu primeiro encontro com os soldados entre os quais teria de se perder, fazer-se aceitar, não se trair. Interrogatórios, controles, pensava. E a desconfiança.

Esse encontro na verdade não se deu. Simplesmente, na entrada de uma cidade desconhecida, no meio das ruas onde repercutiam as fuzilarias, foi arrastado numa corrida desordenada de soldados que fugiam de um perigo ainda invisível, tombavam, atiravam, mal fazendo pontaria, contra a nuvem de fumaça no fundo de uma avenida.

Correu com eles, pegou um fuzil no chão, imitou-lhes o tiro e até o pânico, embora não o sentisse por enquanto, por não ter tido tempo de medir nem o esgotamento deles nem a enormidade da força que tentavam enfrentar. Quando, ao cair da noite, um oficial conseguiu reunir alguns restos do exército em debandada, Aleksei constatou que os soldados vinham das mais variadas unidades, de companhias aniquiladas, de regimentos dizimados. Era, portanto, como eles. Com a diferença de que às vezes tinha mais medo de deixar escapar seu nome verdadeiro do que de se ver na linha-de-tiro. Esse medo, essa vigilância com que copiava os gestos dos outros fizeram que nessas primeiras semanas ele não tivesse a impressão de fazer a guerra. E, quando por fim pôde relaxar aquela corda em permanente tensão, descobriu-se na pele de um soldado envelhecido, pouco loquaz e respeitado por seu sangue-frio, um homem entre milhares de semelhantes seus, indistinto na coluna que marchava numa estrada lamacenta, dirigindo-se para o coração da guerra.

Durante os dois primeiros anos no front, Aleksei recebeu quatro ou cinco cartas endereçadas àquele cujo nome ele usava. Não respondeu, e pensou que sua mentira dava certamente a várias pessoas a força para esperar, a energia para sobreviver.

Aliás, aprendera havia tempo que na guerra a verdade e a mentira, a generosidade ou a dureza, a inteligência ou a ingenuidade não tinham a mesma clareza que na vida de antes. Muitas vezes lhe vinha a lembrança dos cadáveres à beira de um rio. Mas o horror daqueles minutos revelava agora sua face oculta: se o jovem moscovita que ele era então não tivesse se detido no meio daqueles mortos, sem dúvida não teria suportado, nos primeiros combates, a visão dos corpos estripados. A bota que arrancara do cadáver havia sido como uma cruel mas inevitável vacina. Às vezes, num juízo inconfesso, chegava a reconhecer que, em comparação com aquele morto descalçado, todas as matanças de que era testemunha lhe pareciam menos duras de viver.

Um dia, quando do seu primeiro ferimento, descobriu outro paradoxo. Vindo entre aqueles soldados para fugir da morte, expunha-se a uma morte muito mais certa do que numa colônia de reeducação, para onde teria sido enviado depois da prisão dos pais. Teria ficado mais protegido atrás do arame farpado de um campo de concentração do que de posse daquela liberdade mortal.

Também nunca teria imaginado que durante uma curta semana, depois da convalescença, um braço ainda na tipóia, naquele hospital onde ecoavam os estertores dos feridos, fosse possível amar, apegar-se a uma mulher, com a impressão de ter conhecido desde sempre aqueles olhos, aquele timbre um tanto surdo da voz, aquele corpo. Mas sobretudo, se no tempo da sua vida antiga, em Moscou, um amigo tivesse lhe falado de um amor assim, Aleksei teria rido na cara dele, não vendo nessa relação nada mais que uma série de cópulas apressadas, de silêncios obtusos entre uma enfermeira e um convalescente que só possuíam seus corpos para trocar. Teria achado graça nesses detalhes cômicos, dignos de um romance campestre: aquele buquê desgrenhado que ele havia colhido com a mão válida ao longo de um caminho, aqueles brincos de um dourado gasto, os dedos da mulher amarronzados pela tintura de iodo.

Houve isso tudo naquela semana de convalescença. Aquele hospital que, antes da ofensiva que se preparava, vivia alguns dias de trégua à espera de novos comboios de feridos. O cheiro pesado de sangue e de carne pisada. Aquela mulher, quinze anos mais velha do que ele, que parecia perceber de novo que as estações existiam, que aquele bafo quente da terra, aquela espuma do lilás se chamava primavera, que um homem, aquele soldado meio desajeitado com quem ela se pôs a falar um dia, podia se tornar muito próximo, que eles se tornavam muito próximos, apesar dela, apesar dele, apesar de tudo. E, quando ele a surpreendeu, uma noite, surgindo no caminho que levava do hospital à isbá onde estava alojada, ele, com aquele braço na tipóia e aquele buquê, ela sentiu sua voz degelar: "É a primeira vez que me...". Não a deixou terminar, apressou-se a brincar, fazê-la rir. Então se calou, e até sua partida, uma semana depois, acreditou que era o braço ainda dolorido que o impedia de se saciar com aquele corpo feminino, de esgotar tudo o que ela lhe dava.

Nas trincheiras, aquela fome insaciada voltaria, já mais ampla porém, cobiçando tanto a poeira do caminho que levava à isbá (ele teria dado tudo para simplesmente poder tocar aqueles sulcos mornos iluminados pelo poente que as rodas dos veículos deixavam) como o reflexo das gotas que, após uma breve chuva noturna, deslizavam do telhado e captavam em sua queda o luar. Ele compreendia que desejaria agora até mesmo o cheiro acre da tintura de iodo desprendido por aquelas palmas algo ásperas cuja carícia ainda sentia no rosto. Aquele cheiro resistiu melhor ao tempo do que a lembrança carnal, apagada pela visão dos corpos sem vida, pelos encontros de uma hora com aquelas mulheres que não lhe deixavam nem a lembrança de um rosto, nem um talismã como aquela tintura de iodo.

Os únicos momentos em que o medo de ser desmascarado voltava eram aqueles em que havia uma chance — para ele, a má sorte — de ser condecorado. A comissão que decidia sobre isso, especialmente quando se tratava de uma medalha, verificava o passado do militar para não distinguir um ex-prisioneiro ou um excluído do Partido. Aleksei tinha aprendido, fazia tempo, a não se sobressair e, se muitas vezes era o primeiro nos ataques, sabia se apagar depois do fim de um combate, quando o comandante levantava os nomes dos mais corajosos.

Aconteceu de ele ouvir música, a das bandas militares, ou às vezes, quando faziam alta, a queixa alegre de um acordeão. Espreitando no coração algum refluxo sentimental, constatava que nada parecido brotava nele, nenhuma emoção particular que teria lembrado sua juventude de pianista.

Piano, ele viu um naquela cidade lituana onde a ofensiva do seu regimento se atolou durante uma semana inteira. O avanço deles era atrapalhado por vários atiradores de elite que mantinham sob seu fogo todos os cruzamentos e matavam os oficiais numa seleção precisa e técnica. Um dos atiradores estava escondido naquele prédio de vidraças quebradas cujo térreo deixava entrever o interior de um salão, as poltronas de veludo e aquele piano de cauda. Aleksei estava deitado no chão a uma centena de metros dali, na entrada de uma casa, e de vez em quando, no espaço de um segundo, erguia na porta aberta sua isca, a forma oval de compensado encimada por um quepe de oficial, tendo no meio duas rodelas recortadas numa lata de conserva. Um oficial olhando com seu binóculo, o alvo predileto dos atiradores. Aleksei a exibia e retirava rapidamente, dava um breve assobio para os dois camaradas que, do último andar, observavam a rua... A bala bateu numa hora em que ele já não esperava, tão maquinal se tornara o vaivém da isca. O estalo do compensado sumiu imediatamente no barulho das rajadas provenientes do último andar, depois o tamborilar das botas na escada. "Pegamos ele!", gritou o soldado que trazia uma metralhadora ao ombro. A bala havia perfurado o compensado bem acima das duas rodelas de lata. Espiaram o buraco, tocaram-no, riram. Depois, atravessando a rua, foram recolher o fuzil do alemão. Aleksei parou perto do piano, deixou a mão cair sobre o teclado, escutou, baixou a tampa. A alegria de não sentir em si a presença do rapaz apaixonado por música foi bastante tranqüilizadora. Olhou para a mão, aqueles dedos cobertos de cicatrizes, de arranhões, aquela palma com calos amarelados. A mão de outro homem. Pensou que, num livro, um homem na situação dele teria se precipitado para o piano, tocado se esquecendo de tudo, chorado talvez. Sorriu. Aquele pensamento, aquela idéia livresca, era provavelmente o único vínculo que ainda o ligava ao passado. Juntando-se aos soldados, encontrou o olhar sem vida do atirador alemão estendido no assoalho e disse consigo que, para aquele homem, ele era um imprudente oficial russo que fazia brilhar as lentes do seu binóculo. Aquele oficial de compensado com olhos recortados numa lata de conserva.

Esperava seguir através daquela guerra sem deixar se destacar com traços muito visíveis a identidade daquele cuja vida ele agora vivia. Ser igual, sem relevo nem personalidade, um pouco como aquela forma oval de compensado. Mas a guerra, com suas fantasias, que, no entanto, já não surpreendiam, decidiu imprimir sua marca na foto de um jovem louro com quem ele tanto se parecia.

Foi aquele segundo ferimento, muito mais grave que o anterior, e, depois de duas semanas passadas entre a vida e a morte, aquele primeiro reflexo num espelho, no momento em que trocavam seus curativos: um crânio nu, sem idade, e uma cicatriz que descia enviesada da linha dos cabelos até a têmpora.

Ele fez de tudo para evitar ser reformado. Fingiu-se saudável apesar da dor surda, paciente, que o impregnava, apesar do silêncio da morte, que havia se instalado em seus pensamentos. O médico falava com ele como se fala com uma criança que tenta se agarrar à mão da mãe obrigada a partir: "Escute, você vai passar um mês na sua aldeia, vai recuperar um pouco de peso com os patês da mamãe, depois veremos". Se Aleksei queria ficar, não era por espírito de abnegação heróica, mas simplesmente porque não tinha para onde ir.

As estradas ainda estavam cobertas de gelo, aquele início de março via pouco sol. Ele andava, às vezes subia num caminhão, descia numa aldeia, dizendo ao motorista que morava ali, seguia caminho. De tempos em tempos, parado no meio dos campos desertos e brancos, no meio de toda aquela terra mortificada pela guerra, farejava o ar, acreditando discernir como que um breve sopro de tepidez. Intuía que tudo o que lhe restava de vida estava concentrado naquele sopro debilmente primaveril, naquele reflexo aéreo e brumoso de sol, no cheiro daquelas águas que despertavam sob o gelo. E não em seu corpo descarnado, que já não sentia nem sequer o ardor do vento.

Confusamente, dava-se conta de que aquelas estradas, apesar dos desvios, conduziam-no a Moscou. Ou, antes, a uma cidade vaga, noturna, a um lugar obscurecido pelo sono: aquele último patamar no alto de uma caixa de escada, papelões velhos estendidos no chão, um radiador quente em que podia se encostar, ficar calado, imóvel, não aspirando a nada, consciente apenas de que na terra inteira era aquele seu único refúgio, o termo da sua caminhada infinita.

Naquele dia, margeava uma floresta de pinheiros que ainda conservava o ar invernal — fechado e carregado de neve. Numa volta do caminho, apareceu uma mulher diante dele, indo na mesma direção e puxando um trenó atrás de si. Ele acelerou, contente por se encontrar num lugar habitado. A mulher não se virou com o rangido do gelo sob suas botas. Já ia falar com ela quando de repente reconheceu a carga transportada no trenó. Um pequeno caixão, cujas tábuas não aplainadas e cobertas de nós não eram nem forradas de algodão vermelho, como de costume, nem, ao menos, pintadas. Aquela madeira lhe lembrou a madeira das caixas de obus.

Cumprimentaram-se em silêncio e caminharam lado a lado. O cemitério, sob a neve, parecia uma clareira. O túmulo, visivelmente preparado pela manhã, era pouco profundo e já estava todo salpicado de flocos de neve. As pazadas de terra gelada que a mulher jogava batiam na madeira do caixão com uma sonoridade extremamente viva. No fim, Aleksei se abaixou para depositar sobre o montículo os últimos torrões. Quando se ergueu, as árvores, a silhueta da mulher, as cruzes se elevaram numa rápida curva, voaram para o vazio mortiço do céu. Não teve a sensação de cair.

A consciência lhe voltou naquele movimento suave, fluido. Viu a orla desigual da floresta desfilando lentamente à sua direita, depois, levantando ligeiramente a cabeça, observou, primeiro sem compreender, aquelas duas pernas, aquelas grossas de soldado que deslizavam no caminho gelado. Descobriu que era ele mesmo o corpo inanimado que a mulher puxava no trenó. As botas deslizavam ora sobre a parte de trás do salto ora sobre o lado. De pálpebras semicerradas, ele acompanhava aquela tração um tanto sacolejante e sentia que nada lhe pertencia, nem a sombra transida que era aquele corpo, nem o que seus olhos viam, nem o que se via dele. Não restava nada dele. Ao pé de uma subida, a mulher parou para tomar fôlego. Fitaram-se longamente, imóveis, calados, compreendendo tudo.

Ela passava seus dias a uma dezena de quilômetros da aldeia, na margem escarpada de um rio onde, até a noite, um formigueiro humano se movimentava no canteiro de obras de uma ponte. Só havia praticamente mulheres ali. Elas trabalhavam sem almoçar, patinhando no misto de argila e gelo, cobrindo a neve com seus escarros de sangue. Os primeiros comboios de guerra deviam, custasse o que custasse, atravessar a ponte antes do fim de março. Era, diziam a elas, ordem do próprio Stálin.

Ela trazia pão, peixe seco e, sobretudo, as "dádivas da floresta", como explicava sorrindo: pinhões, brotos de pinheiro que punha no mingau de sêmola. Admirado, ele se sentia cada vez mais distinto do vento, da terra, do frio nos quais quase se dissolveu. No entanto, mais surpreendente ainda era a simplicidade daquela felicidade: a linha tépida em que o corpo da mulher tocava o dele, a noite. Justo aquela linha, uma fronteira suave, viva, mais sólida que qualquer outra verdade deste mundo.

Uma noite acordou, viu-se sozinho, ouviu atrás da porta da cozinha a sufocação de um acesso de tosse se acalmando. Com freqüência a mulher se refugiava ali para esconder seu mal. Permaneceu deitado, olhos abertos, sentindo com intensidade a vida que voltara nele, o prazer de respirar, a recobrada acuidade da visão. A lua finamente recortada no negro deixava adivinhar uma noite singular, suspensa à fragilidade da primeira tepidez da primavera. Mal se reconhecia nesse retorno. Era outro. "Um homem", pensava, "deitado perto de uma janela, numa casa desconhecida, numa aldeia que não poderia encontrar no mapa, um homem que viu tanta gente morrer, que matou muito, que quase morreu ele mesmo e que contempla agora essa fina lua crescente num céu mais ameno."

Atrás da porta, a tosse recomeçou, abafou-se num pedaço de pano. Ele pensou no sofrimento daquela que o acolhera, no esgotamento daquela mulher, na sua doença. E percebeu que era a primeira vez que pensava nela e que isso era o sinal da sua própria cura. Pensou que devia haver um nome para dizer, uma chave para compreender aquele sofrimento e aquela lua, e sua vida, que se tornara irreconhecível, e sobretudo a simplicidade com que dois seres podiam se proporcionar não o amor, não, mas aquela paz, aquela pausa, aquele esquecimento que residia no simples calor de uma mão.

Na manhã seguinte, foi até o canteiro de obras da ponte. O dia reverberava sol, riachos liberados pela neve. Fraco ainda, ele tinha, no entanto, a alegre sensação de empurrar a terra a cada passo.

A construção chegava ao fim. As operárias preparavam a via de acesso. Da massa se elevava um zunzum de vozes roucas, de tosses, de palavrões. Ele se foi, com medo de ser visto pela mulher que o curara. Ou, antes, de vê-la em meio àquele roçar de roupas acolchoadas cobertas de terra, daqueles rostos sulcados pela fome. Entre dois pilares, na entrada da ponte, leu este slogan: "Tudo pelo front! Tudo pela vitória!".

O trem que, uma semana depois, levava-o à guerra atravessou aquela ponte. A mesma efervescência humana recobria a margem sob as borrascas de uma neve úmida. Aleksei pensou que se atirar de novo sob as balas teria dali em diante um sentido pessoal para ele. Não o sentido de uma façanha, como tentava procurar antes. Simplesmente, o fim da guerra, que também seria o fim, para aquelas mulheres, do chafurdar na lama, na grosseria das vozes, no desespero.

Lembrava-se também destas palavras, que tinha interceptado por acaso na conversa dos oficiais: "Com a vitória, vai haver uma anistia, sem dúvida. Vão soltar os que foram presos antes da guerra...". No meio dos combates daquele último ano de guerra, muitas vezes ele se surpreendia repetindo interiormente aquelas palavras, proibindo-se de pensar nos pais e só pensando neles, como numa prece inconsciente: "Antes da guerra...".

É provável que essa prece se revelasse nele durante uma alta em que viu aqueles jovens soldados que, por falta do que fazer, entretinham-se perseguindo um esquilo. O animal apavorado pulava no meio de um arvoredo de choupos compridos, e os soldados, loucos de alegria, sacudiam os troncos, enxotando-o de uma árvore para outra. O esquilo acabou caindo, morto não pela queda, mas pela violenta chicotada de um galho. Os soldados o pegaram, divertiram-se fazendo-o girar pelo rabo, jogaram-no fora.

"Antes da guerra..." Aleksei apanhou o animalzinho, sentiu um pouco de calor sob o pêlo espalhado na palma da mão. Os soldados desciam para o rio, sedentos depois da brincadeira. Ele descobriu de repente em si a presença de outro, presença espantosamente sensível sob a armadura de indiferença e rudeza que havia forjado para si, dia após dia, durante os combates. "Antes da guerra..."

O chamado de um oficial o surpreendeu ainda nessa vida esquecida. "Ei, Máltsev, sabe dirigir?"

Aleksei respondeu, sempre desgarrado num distante outro lugar: "Sim... Eu tinha carteira...".

Se não estivesse com aquele corpo morno do esquilo na mão, teria dito "não", com uma vigilância que havia se tornado maquinal. Aquele cujo nome ele usava, o tal de Serguei Máltsev, viera de uma aldeia perdida para o front, e era pouco provável que dirigisse automóveis. Mas ele respondeu ainda ausente, ainda com sua antiga voz. "Antes da guerra..."

Foi assim que substituiu o motorista, ferido, de um general, daquele tal de Gavrílov, do qual antes só sabia o nome.

Um esquilo, a resposta imprudente dada ao oficial, o novo posto, que provavelmente salvou sua vida naqueles primeiros meses mortíferos das últimas batalhas, os jovens soldados brincalhões que tinham perseguido o animal e que, em sua maioria, haviam sido mortos depois, o desfile das cidades em ruínas e das cidades preservadas em seu asseio europeu, e os céus carregados de bombardeiros e os céus intactos, com a provocante despreocupação das nuvens, dos pássaros, do sol... Pensou muitas vezes nisso, consciente de que aquele fluxo desordenado da vida e da morte, da beleza e do horror devia ter uma significação oculta, uma chave que os teria ritmado em alguma harmonia trágica e luminosa.

Mas tudo permanecia acidental, como aquela explosão que um dia projetou o carro deles para fora da estrada, ensurdeceu-o, obrigou-o a carregar o general contundido, a andar longas horas por uma floresta úmida, estriada por pequenos cursos de água glacial. Quando o general voltou a si, quando soube que Aleksei, ferido ele próprio por um estilhaço, carregara-o por longos quilômetros, anunciou num tom solene, matizado de lágrimas: "Bem, Máltsev, saiba que de agora em diante você é como um filho para mim". Aleksei o ouviu, incomodado com aquela efusão, intrigado apenas com um detalhe: o nome de uma cidade que ele tinha avistado numa placa, ao atravessar uma estrada, curvado sob o peso do general. Salzburgo... E naquela estrada, apesar do cansaço e da dor, havia percebido um chamado distante, toldado pelo batimento do sangue nas suas têmporas e pelos gemidos do general. "Antes da guerra..."

Mais difícil ainda de decifrar nesse fluxo de acasos, felizes ou penosos, foi o fim da guerra. Porque nem ele nem o general o haviam notado. A divisão comandada por Gavrílov combatia na Áustria, onde a guerra continuou por duas longas semanas depois da vitória festejada em Berlim. O carro do general sulcava as estradas esburacadas pelos obuses, viam-se soldados se lançando em corpo-a-corpo, no rádio do comando soavam vozes enrouquecidas que gritavam ordens nos fones barulhentos.

Depois, uma tarde, foi o silêncio, a vitória já distante, e a banalidade sorridente das palavras daquele jovem tenente que interpelou Aleksei, a mão na maçaneta do veículo: "Ah, Máltsev, faz dois dias que estou à sua procura! Você fica com um ar importante nesse carrão! Nem reconhece mais os velhos amigos...". Ele continuava a brincar enquanto Aleksei procurava adivinhar por trás daqueles gracejos entreouvidos o passado que lhe era desconhecido: aquele amigo, ex-colega de escola, a vida na aldeia natal... "Sua família não sabia mais o que pensar. Todo mundo achava que você tinha morrido ou estava desaparecido. Porque você não escrevia, seu cachorro! Bom, assim que formos desmobilizados, voltamos para casa e vamos festejar muito, está bem? E não ligue para a cicatriz, as garotas vão adorar, muito mais até!"

Ele viveu na ilusão de uma passagem imediata de Viena a Moscou, como se as ruas das duas cidades se prolongassem umas nas outras, sem fronteiras. O encontro com o tenente, a angústia daquela vida que o espreitava, da vida roubada a um morto, haviam comprimido aquelas semanas de repatriação, confundido as duas cidades, jogado seu veículo diretamente da Graben para a Arbat.

E, quando, um dia, depois de ter deixado o general no seu domicílio, estacionou o carro nos bulevares e se engolfou, a pé, sob o verde deles, aquela Moscou lhe pareceu bem mais irreal do que as cidades estrangeiras que ele tinha atravessado.

No pátio, uma criança ziguezagueava na sua bicicleta em torno de um tanque de areia, as rodas repetiam o mesmo rangido agudo de outrora. Aleksei acreditou, por um instante, que a própria criança não havia mudado, que era sempre aquele garoto que, num passado ora improvável, erguera os olhos para um rapaz escondido atrás de uma janela empoeirada. Num banco, um jogador de xadrez se debruçava sobre suas manobras. O mesmo? Outro? Na extremidade do banco estava sentado um homem, jovem ainda, com uma perna só. Lia um jornal humorístico e de quando em quando arrebentava em riso. Via-se que já estava acostumado com sua situação e que tinha estudado posições confortáveis para o corpo mutilado. A cada gargalhada, o jogador de xadrez se sobressaltava, endireitava-se, fitava o rosto divertido do soldado, sem compreender.

Aleksei enterrou o quepe na testa, subiu a escada. Um mundaréu de crianças jorrou de um patamar, precipitou-se escada abaixo numa cascata chilreante. Ele se deu conta de que os anos decorridos o mascaravam melhor que a aba do quepe.

Na parede, ao lado da porta do apartamento deles, viu os botões de três campainhas, três retângulos de papel com nomes. Um apartamento comunitário... Descendo ao pátio, identificou na fachada as duas janelas: a cozinha, o quarto dos pais. Roupa-branca pendurada, abundante e bastante variada. Aquele irresistível enraizamento da vida lhe pareceu ao mesmo tempo comovente e inútil.

Durante aquelas primeiras semanas em Moscou, ele ouviu falar com freqüência dos prisioneiros anistiados, que, sem ter o direito de vir para as grandes cidades, podiam se instalar nos Urais, na Sibéria, na Ásia Central. Imaginava os pais num desses lugares remotos, dizia-se que com o tempo, fazendo pesquisas prudentes, ele poderia encontrá-los. E que dali em diante somente sua falsa identidade poderia comprometer o reencontro.

O general subiu mais de patente, e trabalhava agora no Ministério da Defesa. Havia sem dúvida esquecido a promessa de tratar o motorista como filho, mas continuava benevolente e até, num dia de outubro, quando chegavam ao seu domicílio, propôs: "Escute, você vem comigo. Tenho um papelório para pôr em ordem, vai demorar... Sim, sim, não vai ficar congelando no carro com um tempo destes...".

Subiram. Uma empregada, idosa, calada, instalou Aleksei numa saleta ao lado da entrada, trouxe-lhe um copo de chá. A saleta, meio vestiário, meio quarto de despejo, tinha uma janela estreita atrás da qual flutuavam os flocos da primeira neve. Ele se sentiu logo à vontade naquele reduto, como se aquele lugar marcasse enfim uma volta. Distraidamente, acompanhava o deslizar dos flocos, que pareciam esvoaçar num dia antiqüíssimo, sobre uma cidade esquecida. O chá também tinha o gosto de outrora. Como o silêncio do grande apartamento no cair da noite. Como a presença invisível da empregada, que ele ouvia suspirar na cozinha. E de repente, abafadas pelo corredor, hesitantes, aquelas poucas notas. Depois toda uma frase sonora. Depois aquela música.

Ele saiu da saleta, deu alguns passos no corredor, não quis ir mais longe. O que viu lhe bastava. Aquele vestido de um veludo azul-escuro, o reflexo de cabelos claros, aquela mão direita que ele via ao deslizar para os agudos, a mão esquerda cujo toque ele adivinhava sem a ver. Permanecia imóvel no crepúsculo do corredor, as costas contra a parede, consciente de que o universo acabava de alcançar a perfeição. Aquela neve além da janela, o mistério daquele grande apartamento desconhecido, aquela música. Sobretudo a imperfeição daquela música! Porque as mãos esbarravam de vez em quando numa combinação de notas difícil de dissociar, voltavam atrás, embalavam novamente. Aqueles erros, ele sentia, eram necessários para a plenitude que acabava de se revelar. Era impossível acrescentar o que quer que fosse. Somente, talvez, aquele olhar da velha empregada, que, muda, atravessou o corredor e dirigiu a ele um breve olhar, o qual lhe pareceu compreensivo e amargo. Nada mais.

No entanto, aqueles minutos, que lhe teriam bastado, prolongaram-se e deram origem a novas expectativas na saleta, depois ao primeiro encontro ("Ah, é o senhor que... sim, papai falou do senhor...") e a outros encontros, e à beleza do rosto franco e sorridente daquela garota de dezessete anos, à fragilidade daquela mão quando do primeiro contato ("Stella... Foi mamãe que quis esse nome... Acho-o horrivelmente cômico combinado com meu patronímico Vassílievna, não acha?"), à certeza de que o toque azul-escuro do veludo era o próprio componente, ao mesmo tempo evidente e codificado, da felicidade. E de que os outros componentes eram aqueles flocos atrás dos vidros, aquele início de crepúsculo, aquelas notas, cuja hesitação às vezes deixava adivinhar a fraqueza juvenil dos dedos.

Ele vivia aquele amor no passado, arrastado para os anos de grande medo, nos quais só encontrava as máscaras de nariz comprido, aqueles três anos da sua juventude, nos quais deveria ter vivido exatamente o que acontecia hoje: aquele encontro com uma garota da idade dele, um primeiro amor. Estava agora com vinte e sete anos. A garota do piano tornava essa questão de idade sem sentido, porque ele se sentia fora do fluxo habitual dos dias, num tempo cindido, num devaneio que lhe deixava reviver aqueles três anos passados no meio das máscaras.

Às vezes, acordava, observava sua vida como se além do lance de uma escada, experimentava uma vertigem: tantos vivos e tantos mortos o separavam da garota do piano. Apertava os pulsos, aqueles seus dedos poderosos, marcados pelas cicatrizes, lembrava que aquelas mãos tinham matado, tinham aprendido a manejar com segurança a carne feminina — a carne daquela mulher com olhos amarelos de felino que ele encontrara no aniversário de um amigo, no fim do verão, uma mulher que ele havia possuído semi-adormecida, embriagada, sentindo quase nojo daquele grande corpo indiferente e preguiçoso... A essa lembrança, dizia consigo que teria sido melhor ter ficado no carro, não ter aceitado o convite do general... Mas, na saleta onde tomava o chá e que o general, marinheiro na juventude, chamava de "cesto da gávea", esquecia tudo, confundia-se com a ondulação da neve, com o eco das notas, com a espera dos passos cuja cadência rápida conhecia e daquela voz: "Por que fica aqui no escuro? Venha...".

Stella o instalava a seu lado, tocava, pedia-lhe às vezes que virasse as páginas da partitura: "Eu faço um sinal, assim, com o queixo". Ele obedecia, observava aquele rosto, fingindo esperar o sinal, às vezes dava uma olhada na partitura e desviava rapidamente os olhos.

Ela encontrou nele aquela matéria de sonho que se deixava facilmente esculpir por sua imaginação de garota. Aquele Serguei Máltsev era uma pessoa suficientemente definida: originário de uma aldeola, homem de vinte e sete anos (quer dizer, quase um velho para ela, que tinha dezessete), e aquela horrível cicatriz cortando sua testa. Portanto, um homem que, evidentemente, não era aquele que ela esperava em segredo.

Mas, por outro lado, ele era suficientemente enigmático: um homem que na certa já fizera muitas conquistas femininas e que, no entanto, segundo o pai de Stella, vivia só, em algum lugar nas ruas nevosas da periferia de Moscou, um homem calado que muitas vezes trazia o general ao cair da noite e desaparecia em seguida naquela noite, ao volante do grande carro preto, sob as trombas-d'água ou os turbilhões de neve. Nesses momentos, ele se prestava facilmente a ser imaginado na pele de um misterioso desconhecido cujo rosto e cujo destino ela redesenhava sem cessar. Aliás, seu pai não havia dito um dia que durante a guerra aquele motorista tinha salvado a vida dele?

Pouco a pouco ela se enredou em seu próprio jogo. Precisava daquele homem que tomava chá no "cesto da gávea". Precisava chamá-lo, ver o rosto dele, esquecer o rosto dele, não ver mais seu uniforme de soldado, imaginá-lo pálido, esbelto, belo (o que ele era à sua maneira, mas de outro modo), vestir de preto aquela sombra, empurrá-lo para a cena, nas intrigas inventadas na véspera.

De resto, daquele figurante ela exigia apenas que ouvisse suas escalas, virasse as páginas das partituras. Um dia, ele deixou passar o gesto enérgico do queixo, o sinal combinado. Ela interrompeu a peça, viu-o sentado ereto na cadeira ao lado, as pálpebras fortemente enrugadas, como num acesso de dor.

"Não está se sentindo bem?", perguntou-lhe, preocupada, tocando em sua mão. Ele abriu os olhos, murmurou: "Estou, sim, está tudo bem...", o olhar fixo naqueles dedos que afloravam sua mão. Após um segundo de embaraço, ela exclamou:

"Tive uma idéia genial! Vou lhe ensinar a tocar um pouco! Sim, sim, é facílimo, só uma cançãozinha infantil...".

A melodia se chamava "O soldadinho de chumbo". Aleksei se revelou um aluno desajeitado e de capacidade medíocre. Stella se via muitas vezes obrigada a puxar aqueles dedos rígidos, a guiá-los para a tecla correta.

Graças ao "Soldadinho de chumbo", ela pôde enriquecer suas encenações. O homem que tinha à disposição podia ser repreendido, elogiado, amavelmente martirizado, cumprimentado por um arpejo bem tocado, consolado depois de um erro. Descobriu uma das atrações mais intensas do amor, a de se fazer obedecer, de manipular o outro e, com seu consentimento fervoroso, tirar-lhe a liberdade.

O silêncio daquele homem, que tomava tranqüilamente o chá, à espera do general, já não podia satisfazê-la. Ela queria agora fazê-lo falar, fazê-lo contar sua vida, a guerra, maravilhar-se ou ficar com ciúme ouvindo seus relatos.

Um dia, interrogado com insistência, ele tentou sondar aquele passado de guerra, e se sentiu desamparado ante aquelas lembranças em que tudo desembocava nas rupturas, na solidão, na morte. Intuía que ela esperava uma história de amor sobre um fundo de guerra, mas sua memória se debatia entre corpos de homens mutilados, entre corpos de mulheres possuídos às pressas e arrastados para o esquecimento. Restava aquele cheiro de tintura de iodo nas mãos de uma mulher, mas como falar disso, ainda mais àquela garota que o fitava, olhos arregalados? Falar dele? Mas quem era ele? Aquele soldado que, depois de um corpo-a-corpo, lavava-se numa poça de água e a água ficava vermelha, do seu sangue e do sangue dos que acabava de matar? Ou aquele rapaz que sacudia um morto para lhe tirar a bota? Ou aquele outro, espiando atrás de uma janela poeirenta, numa outra vida, num passado proibido? Não, o mais verdadeiro naqueles anos era aquele dia em que ele tinha perdido a consciência no cemitério, em que estava por assim dizer morto e em que não existia entre ele e o mundo nada mais que aquela linha vacilante: uma mulher desconhecida dormindo ao lado dele e lhe dando seu calor...

Premido pelas perguntas dela, ele falou do esquilo: uma alta para descanso, um lindo dia de primavera, aquele animalzinho voando de uma árvore para outra. Lembrou-se de repente do fim da história, interrompeu-se, atrapalhou-se, inventando um vago final feliz. Stella sorriu com ar embirrado: "Papai me dizia que o senhor tinha se batido como um herói... E o senhor, um esquilo! Pfff...".

Ele se calava, lembrando-se do calor macio do pêlo na palma da mão. Tudo o que se seguira estava ligado, agora compreendia, àquele animal morto: a designação para servir o general, muito provavelmente sua sobrevivência, a vinda para Moscou, o encontro com aquela jovem Stella que o estava provocando. Ela deve ter adivinhado que aquele homem que ela imaginava ter domado, domesticado, escondia em sua vida, como num subterrâneo cavernoso, atos inconfessáveis, vergonhas, dores. E o fato de ele se manter confuso e sem palavras diante dela lhe dava um ar infantil.

"Não queria magoá-lo. Ao contrário, era bem divertido esse esquilo...", disse ela, e pousou a mão sobre a dele, que ainda segurava a xícara de chá frio. O instante durou. Além da janela, o crepúsculo se impregnava de um azul profundo. Os galhos de gelo se moviam sinuosos no vidro. Em algum lugar no fundo do corredor, ouvia-se a voz do general grunhindo no telefone. Ela sacudiu suavemente a mão como para despertá-lo: "Vamos ensaiar nosso 'Soldado de chumbo', está bem?".

Ela própria nem reparou em que momento, durante aquelas semanas de grande frio, a história que ela imaginava se confundiu com a realidade. Foi talvez na noite em que lhe propôs que se tratassem de você. Ou mais tarde, quando se cruzaram diante da porta do prédio: ele acabava de trazer o general, ela voltava da aula de música. Num passo decidido, sentou-se ao lado dele, e deram um passeio pelas ruas de Moscou, rodando lentamente em meio às borrascas brancas.

Ou então naquela noite. Seus pais, que tinham ido a Kiev para o aniversário de um velho camarada de armas do general, quiseram ficar mais um dia, e pediram a Stella que avisasse o motorista. Quando, tendo-os esperado em vão na estação ferroviária, Aleksei tocou a campainha deles, ela mentiu: seu pai, disse, ia ligar tarde da noite... Aleksei viu que ela havia posto um vestido de batista de cor clara, um vestido de verão, e prendido os cachos num penteado alto que lhe dava um ar solene. Suas faces brilhavam como que de febre.

Heroicamente, ela afetou desenvoltura, convidando-o à sala de estar, propondo-lhe jantarem ("Talvez só telefonem à uma da manhã. Não vamos morrer de fome por isso..."), abrindo uma garrafa de vinho. Seu corpo sob o finíssimo tecido do vestido tremia, os gestos traíam uma precipitação mal controlada que ela tentava fazer passar por impetuosa descontração. Aleksei se dava conta de que tudo havia sido tão bem, tão febrilmente preparado naquela noite improvisada, que só lhe restava o papel de comparsa. Aquela encenação toda teria podido ser representada sem ele, nos devaneios de Stella.

Mas estava ali, e compreendia que uma hora ou outra seria sua vez de representar, de replicar, de encarnar um personagem ao mesmo tempo óbvio e absurdo.

Abaixava-se para pegar ora um guardanapo ora um pedaço de pão que ela, em sua excitação, deixava cair, servia o vinho, obedecendo a um gesto teatralmente imperioso da mão dela, mas sobretudo, aproveitando-se da sua condição de sombra, observava aquela garota que parecia quase despida no vestido de verão. Os braços nus com veias azuladas que davam a impressão de ter sido traçadas com tinta escolar, aquele pescoço rosado pela emoção, aquela cintura muito fina e, quando ela se virava para o fogão, o relevo frágil das omoplatas. Escutava a voz dela cada vez mais sonora e exaltada, intuía que se aproximava o momento em que teria de envolver aqueles ombros, sentir a fragilidade daquelas omoplatas nas suas mãos.

Ele não a desejava. Ou, antes, era um desejo bem diferente. Por aquela noite com ela, estaria disposto a... Via-se reviver todos os anos de guerra e sentia que os teria atravessado de novo, por aquela única noite. Mas o que se representava, naquela noite, destinava-se a alguém que não era ele.

Ela já tinha bebido três taças, e o fitava com um atrevimento agressivo e ao mesmo tempo desarmado que lhe dava dó. "Quem sabe não devíamos telefonar para eles", sugeriu, olhando para o relógio. "Não... Ainda é cedo demais!", atalhou ela, e, batendo nas mãos dele, declamou com a voz de um anunciador de números de circo: "E, agora, nosso programa musical!".

Girou no tamborete, pegou uma partitura, fez-lhe sinal para que viesse. Ele viu que era a elegia de Rakhmáninov, a qual ela havia estudado várias vezes sem sucesso. Ela atacou, conseguiu com a coragem da embriaguez superar as primeiras dificuldades, fracassou na seguinte. Recomeçou, não escondendo mais sua raiva, tropeçou...

Ele escutava, olhos semicerrados, ausente. Na terceira tentativa, quase desesperada, e ante uma nova hesitação, ele murmurou, sem perceber: "Tem um sustenido aí...".

Ela se interrompeu, fitou-o. O esforço da leitura deve ter, por um instante, clareado seu espírito. Ela viu aquele homem sentado a seu lado, imóvel, pálpebras cerradas, um homem que ela acreditara capaz ("Estou mesmo bêbada", pensou) de dizer o que ela acabava de ouvir. Ele parecia envelhecido, esgotado, e a cicatriz da testa deixava à mostra as picadas rosa dos pontos de sutura.

Ele voltou a si ao ouvi-la chorar. Cotovelos sobre o teclado, ela soluçava, tentando falar: "Pode ir embora. Eles só chegam amanhã. É para estar na estação às nove horas...". Apesar das lágrimas, sua voz guardava uma leve tonalidade de segredo. Ela havia preparado aquela confissão para sua encenação noturna.

Houve enfim aquela outra noite, em março, em que as ruas, as estradas, as casas desapareceram sob uma tempestade de neve, a última daquele inverno. E foi também a última vez que o general o convidou para tomar chá no "cesto da gávea".

Stella veio encontrá-lo, ficaram um instante espiando o furor branco além dos vidros. Ao entrar, ela havia fechado a porta, e era abafada pelo corredor interminável que chegava até eles a voz da mãe chamando a empregada: "Vera, passe o pano de chão na entrada, esse motorista encheu tudo de neve outra vez". Stella fez uma careta, esboçou um movimento como se tivesse querido pegar aquelas palavras no ar, depois se inclinou subitamente para Aleksei, sentado, a xícara de chá nas mãos, e o beijou. Ele sentiu os lábios dela na testa, na marca da cicatriz... No corredor, ouvia-se o esfregar do pano de chão no assoalho.

Na manhã seguinte, ele partia com o general, que ia inspecionar várias guarnições no Norte.

A viagem de inspeção durou quase um mês. Eles percorriam regiões ainda inertes sob o gelo, margeavam o mar Branco, atravessavam florestas onde nenhuma vibração de primavera se fazia sentir por enquanto. Como se o inverno tivesse voltado. Como se tivessem voltado os dias de guerra com aquelas colunas de soldados que o general passava em revista, aqueles tanques cujas lagartas esmagavam a terra gelada, aquele concreto morno das fortificações.

No caminho de volta, tinham a impressão, a cada quilômetro, de queimar etapas retornando à primavera. E dos invernos de guerra restou apenas aquela placa de gelo em que, um dia, o general escorregou e torceu o tornozelo. Aleksei teve de levá-lo para o carro. "Lembra, Serguei, como você me carregou, no front, no nariz dos fritz, por doze quilômetros?", disse ele, dando umas risadinhas. E, sem confessar um ao outro, pensaram que a guerra era mesmo passado, se dela se podia rir.

***

Em Moscou, esse riso primaveril ecoava em toda parte. No sol de abril, que já queimava a pele como no verão, no tilintar dos bondes sobre o aço brilhante dos trilhos, na despreocupação dos rostos daquelas multidões de jovens para quem a guerra era somente uma lembrança da infância. E havia tamanho prazer em ficar na rua, que o general já nem sequer pensava em convidar o motorista para subir e tomar um chá.

Stella compreendia que o inverno tinha sido um longo sonho, ora bom ora ruim, de que agora ela despertara plenamente. Na saleta do "cesto da gávea", Vera, a empregada, amontoava os capotes, salpicava de naftalina as peles. A janela estreita crivada de sol estava condenada por um retângulo de papelão grosso. Era impossível imaginar naquele lugar um homem instalado numa cadeira, com sua xícara de chá, um homem desfigurado por aquela cicatriz branca na testa, envergando um uniforme de soldado.

Mas era ainda mais inverossímil imaginá-lo naquelas ruas primaveris, caminhando ao lado dela, cruzando com seus colegas de escola. Não, não! A simples visão daquele casal a deixava fora de si. Aliás, como ela podia ter acreditado que um dia poderia revelar a existência daquele homem a um círculo de amigos no qual o essencial da sua vida agora se concentrava? Contar-lhes aquele jantar com ele, aqueles soluços estúpidos? Não, era uma longa alucinação invernal que o sol havia dissipado.

Não gostava de confessar a si mesma que aquela quimera a enriquecera, que, graças àquele soldado escondido no "cesto da gávea", havia aprendido uma porção de astúcias femininas, tão úteis no manejo de um homem, que ele tinha sido seu brinquedo, que ela se servira dele. Para calar essas pequenas confissões incômodas, tocou, uma vez, a canção do "Soldadinho de chumbo", tentando imitar os erros que ele geralmente cometia, quase riu deles sem se forçar. Depois tocou a "Valsa das pombas", que também tinha lhe ensinado, melodia bem mais alegre mas que de repente a entristeceu.

Sentiu a mesma tristeza quando, um dia, espiou pela janela da sala. O carro estava parado na frente do prédio, esperando o general. Stella via a porta aberta, uma mão com um cigarro e, no reflexo do pára-brisa, a pincelada clara do rosto. "Ele vai passar a vida toda esperando", pensou, e se sentiu culpada, porque ela era esperada por muitas coisas belas: aquela linda primavera, depois, terminados os exames, o baile de formatura, depois a universidade, aquela liberdade inebriante dos estudantes, depois... Vislumbrava somente uma vasta torrente de luz naqueles dias por vir.

Nesses momentos de compaixão, sentia por ele também reconhecimento. Ele teria podido, naquele jantar idiota, despi-la, possuí-la, ela poderia ter engravidado! Essa idéia era tão ameaçadora, tão comprometedora para seu futuro, que ela sacudia a cabeça para se livrar dela. E se punha a detestá-lo, porque ele era de fato capaz de destruir tudo, quase sem querer.

Finalmente, essa ofuscação de pesares, de alegria, de piedade, de raiva, de sonhos desbotados aguçava ainda mais a novidade excitante daquela primavera. A verdadeira vida ia começar.

Ele só viu Stella uma vez durante aquelas semanas de sol. Uma noite, em lugar de ir para casa, estacionou o carro na rua, ao abrigo de um quiosque. Sabia que era o dia da aula de música. Ela surgiu, vestindo um casaco leve, atravessou a alameda de árvores apenas tingidas de verde, sua silhueta se recortou no azul do crepúsculo com uma nitidez que lhe doeu nos olhos. Quando ela desapareceu, ele guardou por um bom tempo sua visão, ali, na saída da alameda, e na palma da mão a sensação bem real de tocá-la, de apertar com os dedos o frágil desenho dos seus ombros. Essa sensação era conhecida dele: a maciez do esquilo morto na palma da sua mão.

Arrancou, embrenhando-se nas ruas ora azuis ora perpassadas pelos caudais acobreados do poente. Dizia consigo que devia haver nesta vida uma chave, um código para exprimir, numa linguagem breve e unívoca, toda a complexidade dessas tentativas, tão naturais e tão dolorosamente intrincadas, de viver e de amar. Aquele belo anoitecer em Moscou, um ano depois do fim da guerra, aquele casaco claro desaparecendo atrás de uma esquina, a dor insuportável e a inútil alegria contidas naquele instante, a lembrança daquele esquilo e, ali, acima da ponte, aquele branco prateado das nuvens, o mesmo da janela do "cesto da gávea" no inverno passado.

Pareceu-lhe de repente que o que o impedira, pouco antes, de descer do carro, alcançar o casaco claro na alameda, era tão-só o nome falso que ele carregava havia anos. Violentamente, procurou se convencer de que era essa a causa de tudo.

Na manhã seguinte, enviou um pedido de informações sobre seus pais, assinado com o nome falso.

Uma semana depois, o general mandou que subisse com ele ao seu escritório, no ministério. Aleksei acreditou, por um momento, que Gavrílov falaria de Stella, que até diria: "Sabe, minha filha me disse que o amava...". Essa esperança demente viveu alguns segundos, e só ficou para lhe mostrar, em seguida, a que ponto se pode ser cego quando se ama.

"Escute, Serguei", começou o general num tom embaraçado, "transmitiram-me ontem uma informação a seu respeito... simples mexericos, espero, mas, você sabe, nos dias de hoje é melhor ficar vigilante. Parece que alguém usou seu nome, ou, antes... como dizer... enfim, seus parentes afirmam que você teria, quer dizer, não você, mas... Resumindo, eles acham que o filho deles está vivo, sabem que um amigo o viu pouco antes da desmobilização, mas que ele, você, portanto, não quer voltar à aldeia e se esconde não se sabe bem por quê. Ufa, é complicado. Na verdade, é uma história de falsa identidade. E com essas coisas, ainda mais no exército, não se brinca. Não preciso explicar isso para você. Vai-se para o campo de concentração por muito menos... Bom, eu lhe conto somente para seu governo. Mas, se você sente que alguma coisa está errada, me fale. Histórias assim são como minas, é melhor desarmar antes que explodam..."

Tocou o telefone, o general atendeu, seu rosto se relaxou, e ele começou a ditar uma longa lista de comestíveis, precisando a quantidade de salsichão, de esturjão defumado, o número de garrafas de vinho... No chiado do fone, Aleksei reconheceu a voz da mãe de Stella. Esperava o fim da conversa para confessar tudo.

O general desligou, lambeu os lábios com satisfação. "Estamos preparando um senhor jantar para amanhã. E os convidados merecem. Os futuros sogros. Pois é, Serguei, o tempo passa rápido. Eu parti para a guerra, nossa pequena Stella era uma menina, e não é que agora vamos casá-la? Ah, e o noivo é um ótimo rapaz! Seu pai... bem, isso cá entre nós, tem um bom cargo no Ministério do Interior. Aliás, foi ele que me soprou essa história de nome falso. Sabe como é, entre pais... Senão, teriam levado você num instante. Mas depois conversamos. Quanto ao jantar de amanhã, vou precisar de você de manhã até a noite, e mesmo durante a noite. Stella convidou todos os colegas. Noivado hoje em dia não é como antigamente, em família... Você vai ter de levar grupo por grupo, o metrô já estará fechado. Resumindo, estado de alerta máximo!"

Instalaram-no no "cesto da gávea", entulhado de casacos de inverno. A porta permanecia entreaberta, e ele acompanhava a chegada dos convidados, casais (os pais do noivo: a onda adocicada do perfume da mãe, a voz de baixo do pai), algumas pessoas sozinhas, depois pequenos grupos de colegas de escola. Uns se enganavam, entravam no quarto de despejo, onde ele esperava, olhavam com perplexidade para aquele homem imóvel no meio dos casacos e das pilhas de caixas, não sabiam se deviam cumprimentá-lo ou não. O general lhe pediu várias vezes que fosse buscar de carro este ou aquele convidado importante. Aleksei fazia o que ele mandava e voltava para seu posto de observação. Vera, a empregada, trouxe uma xícara de chá para ele, quis lhe falar, mudou de idéia, sorriu apenas, com uma pequena crispação de amargor.

Ele não sentia azedume, não sentia ciúmes, apenas uma dor tão acerada, tão constante, que nenhuma outra emoção podia se mesclar à sua agudeza. Identificava distraidamente os ruídos que vinham do salão e deixavam adivinhar o desenrolar da festa. Houve primeiro aquele alegre tumulto de vozes, ritmado de quando em quando por um timbre de baixo, em seguida o estouro de uma rolha e logo depois de outra, acompanhado de risadas e gritos de pânico, as palavras do primeiro brinde ditas pelo general, por fim o tilintar das facas e dos garfos.

Paralisado pela dor, ele não sentiu nada quando, meia hora mais tarde, depois de um coro de vozes suplicantes, a música soou. Reconheceu com facilidade a polonaise que Stella havia estudado no inverno passado. Até achou que o momento daquela pausa musical tinha sido muito bem escolhido: entre a primeira taça, que tornava os convivas já receptivos, e a série de pratos e bebidas, que iam embotar seus sentidos. Escutou e, apesar de ausente, notou duas ou três hesitações imperceptíveis naquela execução que foram como evocações secretas dirigidas a ele e o isolaram ainda mais. O ruído dos aplausos crepitou, e aquelas ovações e aqueles "bravo" o impediram de ouvir os passos que vieram do corredor.

O rosto de Stella já se emoldurava na porta. "Rápido! Venha, é muito importante para mim!" Seu cochicho traía a excitação da embriaguez, a embriaguez da felicidade muito mais que a do vinho.

Perplexo, ele se levantou, deixou-se levar pela mão até a sala.

"E, agora, a surpresa!", anunciou Stella, estendendo os braços na direção dele como para que o aclamassem. "Nosso Serguei vai tocar para nós uma pequena canção. Espero que todos apreciem sua música e... meu modesto talento de professora. 'Soldadinho de chumbo'!"

Os jovens aplaudiram, os pais e os convidados mais idosos consideraram a brincadeira um tanto ousada, mas mesmo assim se permitiram algumas palmas, não querendo parecer severos demais.

Depois da escuridão do "cesto da gávea", ele se sentiu ofuscado pela luz daquele salão, incomodado com todos aqueles olhares fixados nele. Procurando mas não encontrando o meio de evitar a tortura, teve tempo de notar alguns rostos, o colar de pérolas graúdas de uma senhora, o noivo, aquele rapagão moreno sentado entre os colegas de escola. No olhar de Stella, por uma parcela de segundo, passou como que uma sombra esquecida. Viu que ela usava o vestido de verão de batista clara.

Os aplausos se acalmaram. Ele sentou no tamborete, sentindo que sua dor, aquele bloco de gelo que o paralisava, quebrava-se, tornando-se vergonha, humilhação, cólera, aquele enrubescimento idiota que subia por seu pescoço, o peso das botas grossas pousadas no níquel escorregadio dos pedais.

Como no tempo das aulas que ela lhe dera, desincumbiu-se com a aplicação obtusa de um autômato. Riram já durante a execução, tão engraçada era a cena daquele soldado tocando uma cançoneta de soldado. Alguns jovens entoaram o refrão, que conheciam. O vinho começava a reavivar a alegria. Os aplausos foram unânimes. "Bravo para a professora!", gritou um convidado, e Stella o agraciou com uma reverência. A voz de baixo do pai do noivo troou em meio aos risos: "Ora, general, não sabia que no seu ministério os motoristas eram também pianistas". "Um copo para o pianista", escandiu um dos rapazes, apoiado por várias vozes. Um copo de vodca passou de mão em mão em direção ao piano. Stella ergueu os braços e gritou para encobrir os barulhos da mesa: "E, agora, o fecho de ouro do programa, a 'Valsa das pombas'!".

Aleksei pousou o copo, virou-se para o teclado. Os risos,

as conversas se calaram pouco a pouco, mas ele continuava esperando, as mãos pousadas nos joelhos, sentado bem ereto, ar ausente. Stella cochichou, como um ponto, piscando para os convidados: "Vamos, toque! Comece pelo dó, com o polegar da mão direita...".

Quando ele deixou cair as mãos novamente sobre o teclado, ainda se pôde acreditar no acaso de uma bela harmonia formada sem querer. Mas um segundo depois a música irrompeu, levando de roldão com sua força as dúvidas, as vozes, os barulhos, apagando as expressões hilárias, os olhares trocados, derrubando as paredes, dispersando a luz do salão na imensidão noturna do céu além das janelas.

Ele não tinha a impressão de tocar. Progredia através de uma noite, respirava sua transparência frágil feita de infinitas facetas de gelo, de folhas, de vento. Já não trazia nenhuma dor dentro de si. Não tinha medo do que ia acontecer. Não sentia angústia nem remorso. A noite através da qual ele progredia revelava aquela dor, aquele medo e a irremediável ruptura do passado, mas tudo aquilo já havia se tornado música, e existia só por sua beleza.

Na escuridão de uma manhã de inverno, o trem parece tatear ao se aproximar de Moscou, entre feixes de trilhos que serpenteiam sob a neve. As últimas palavras de Berg se confundem com os pesados solavancos das rodas, com as vozes e os passos dos passageiros no corredor. Atropelado por aquela chegada que já não esperava, o relato hesita, depois se desfaz em algumas frases apressadas: os anos passados num campo de concentração ("Nem aproveitei a anistia quando da morte de Stálin, cumpri os dez anos inteiros, até o último dia"), depois suas vindas a Moscou (na esperança de rever Stella? ele não diz, não tem mais tempo para dizer), vindas clandestinas, porque fora condenado a residir numa cidadezinha da Sibéria oriental, uma nova detenção durante uma dessas estadas na capital, três anos pagos perto do círculo polar, onde ele percebeu que tinha acabado por se acostumar com aquele inferno de neve... Foi lá, sob aquele céu sem sol, que ficou sabendo do ano e do lugar da morte dos pais.

O trem pára. Damos os primeiros passos como se na ausência da gravidade — depois de dias e noites de imobilidade, eles se imprimem na neve com uma leveza de dança. No ar gelado, a acidez agressiva das grandes cidades faz arder as narinas. Percorro ao lado de Berg uma plataforma escura, interminável. Os passageiros que descem do nosso trem ficam um instante indecisos, sonambúlicos. Sente-se em alguns a vontade de sentar na mala, encolher-se de novo no sono. Berg toma a minha frente, vejo-o se esgueirar pela multidão sonolenta que se arrasta para a estação. Por um segundo, ele se torna um passageiro como os outros, um provinciano desembarcando em Moscou às seis da manhã. Observo-o caminhando e digo a mim mesmo que era assim que, antes, ele chegava à capital, como clandestino, com pressa de se diluir na multidão. Lembro-me do fim do seu relato: aquela Moscou, mais perigosa que os confins da taiga, Vera, a velha empregada do general, que outrora levava chá para ele no "cesto da gávea" e agora lhe dava informações sobre a vida de Stella...

Evocados de outro modo, esses encontros fracassados poderiam traçar uma bela história trágica. Mas eram revelados confusamente, em meio aos barulhos de um trem que chegava numa cidade grande, negra e gelada. Eles tinham sido sem dúvida vividos assim, na perturbadora simplicidade com que se vivem as vidas quebradas.

Entramos no saguão de uma altura desmedida e, no meio desse vazio, onde nada de pessoal parece poder ser dito, Berg me confia, sem virar a cabeça:

— O marido dela teve uns problemas no trabalho, por ocasião da desestalinização. Deu de beber, largou-a... Ela morreu no início dos anos 60, de câncer. O filho deles tinha sete anos.

Fiz o que pude, passando por um amigo. Um pouco de dinheiro, todo mês. Eu havia ficado no Norte, um trabalho de louco a cinqüenta graus abaixo de zero, "doze meses de inverno, o resto é verão", como dizem por lá, mas um ótimo salário. Só que o garoto não podia saber. Eu ainda estava fichado como reincidente...

Olha para mim com um sorriso, estende a mão:

— Bem, boa viagem, e não me queira mal.

Aperto sua mão, vejo-o se afastar. A praça das Três Estações é lúgubre a esta hora. Os postes de luz a recortam em retalhos azulados. Pesados caminhões sacodem a carapaça gelada com sua barulheira de aço. As pessoas apressadas, vestindo grosseiros paletós cinza ou pretos, parecem sair da época stalinista, dos anos de guerra, de privações, de heroísmo mudo. Berg se mistura àquele fluxo, dirige-se para uma estação de metrô, perde-se na torrente sombria que mergulha na entrada. Tem o mesmo passo tenso, a mesma determinação estóica. Consigo identificá-lo na multidão no começo da escada, depois desaparece. "*Homo sovieticus*", murmura em mim uma voz ligeiramente desdenhosa. Estou com muito sono para poder fazê-la se calar.

Volto ao saguão. Os horários dos trens de partida, no quadro, parecem surrealistas, depois do nosso atraso, depois de todos aqueles fusos horários que atravessei desde o Extremo Oriente, sobretudo depois do tempo que o relato de Berg inscreveu em mim. Porém, o mais estranho é que de repente Berg reaparece. Sim, ele está diante de mim, não é um sonho.

— Fui embora sem lhe perguntar se tem onde ficar em Moscou. Espero que não vá passar o dia todo na estação...

Respondo que parto no último trem, por volta da meia-noite, que conto ir ver um museu e que, antes, entrarei na primeira sessão de um cinema para dormir. Ele sorri, aquele projeto de ir dormir no cinema (dez copeques a sessão, uma sala vazia e uma poltrona quentinha) deve lhe lembrar seu passado de homem errante.

— Escute, se quer o conselho de um velho moscovita... (Sua voz não pode dissimular uma alegria oculta.) Sabe, encontrar um hotel em Moscou é mais difícil que arranjar um lugar no Mausoléu. Mas tenho um velho amigo, um reincidente como eu...

Guia-me pela cidade, do metrô ao ônibus, depois a pé, cortando pelos pátios, sempre com uma certa brusquidão alegre, feliz por reencontrar suas referências, por me mostrar seu conhecimento da capital. Sigo-o com resignação, como uma criança que caminha meio adormecida.

No hotel, o cansaço me derruba. Acordo um instante no meio do dia, uma visão irreal se apresenta aos meus olhos: na cama de Berg está estendido um terno escuro, dir-se-ia um homem achatado, esvaziado da sua substância, uma gravata está pendurada no encosto de uma cadeira, um cheiro forte de água-de-colônia chega do banheiro. Não tenho força para buscar a explicação daquilo e adormeço logo em seguida.

Quando Berg me acorda, não o reconheço de imediato. Ele pôs o terno que estava esticado na cama, a gravata. Seus cabelos estão lisos e brilhantes.

— Não quis incomodá-lo antes, você dormia tão bem... Mas já são seis horas da noite.

Na mesa, vejo dois copos em que se prepara um chá, um pequeno aquecedor de água elétrico pendurado no ferrolho da janela.

— Vai... ao teatro? — pergunto, tentando não trair minha surpresa ante a mudança.

— Vou... de certo modo. Ou melhor, ao concerto. Aliás, eu me perguntava se quem sabe não gostaria...

Tomamos chá com limão, comendo pão, o mesmo que estava enrolado nas folhas de partitura, algumas rodelas de salaminho. Depois de comer, eu me lavo, Berg me empresta uma gravata.

Somos os primeiros a chegar. A sala, do outro lado de Moscou, pertence à casa de cultura da rede ferroviária.

Ficamos um bom momento num vestíbulo frio e mal iluminado. Berg, invisível, sentado em silêncio num banquinho, num canto, eu andando de um lado para outro ao longo das paredes decoradas com fotos de locomotivas — das mais antigas, maciças, com suas chaminés de aberturas comicamente largas, às mais modernas. Também dou uma olhada na sala. Parece-me ampla demais, nunca um concerto, ainda mais naquele bairro situado nos quintos dos infernos, juntará público suficiente para enchê-la! No entanto, as pessoas começam a afluir, de início hesitantes como nós, depois produzindo por sua quantidade aquela ligeira eletricidade de cochichos, de espera, de excitação que precede todo espetáculo. Uma vez instaladas, difundem aquela agradável tensão na sala. "Magia do teatro!", digo a mim mesmo. "Que importa a sala, o palco e o que vai acontecer no palco? O essencial é que alguma coisa vai acontecer."

Berg escolheu uma poltrona na última fileira, aonde a luz quase não chega. Sentados obliquamente, vemos atrás das pregas da cortina aberta, naquela sombra dos bastidores de onde costumam surgir os artistas, uma silhueta, a forma oval de um rosto.

— Deve estar com medo do público — murmura Berg, olhos fixos naquele canto.

Está sentado, um pouco rígido, ar distante e como que remoçado.

Nesse instante aparece o pianista, aquele jovem que adivinhávamos à espera, espiando atrás da cortina. A sala aplaude com uma parcimoniosa polidez de boas-vindas. Viro-me para Berg para lhe oferecer a folha dobrada do programa. Mas o homem parece ausente, pálpebras cerradas, rosto impassível. Não está mais ali.

ESTA OBRA FOI COMPOSTA POR RITA DA COSTA AGUIAR
EM MERIDIEN E IMPRESSA EM OFSETE PELA GEOGRÁFICA SOBRE PAPEL
PÓLEN BOLD DA SUZANO BAHIA SUL PARA A EDITORA SCHWARCZ
EM ABRIL DE 2006